LÖWENWEISHEIT

Über den Autor

Erepheus stammt aus dem anhaltischen Wittenberg, entschied sich aber schon früh für seine Wahlheimat Leipzig. Hier war er einige Zeit für das Haus des Buches tätig, übernahm für ein Literaturmagazin die Aufgaben des Lektors und arbeitete in verschiedenen Verlagen. Darüber hinaus brachte er auf Lesungen und Festivals bereits eigene Werke zu Gehör. Die Liebe zu Literatur und Sprache spiegelt sich auch in seinem beruflichen Alltag wider, in dem er seit vielen Jahren als Deutschlehrer wirkt. Seine subtilen Texte sind durch ihre klare Sprache charakterisiert und führen oft in unerwartete Abgründe. Dabei geht es ihm stets um die Verortung des Einzelnen im alltäglichen Geflecht aus Beziehungen, Schicksalen und Zufällen.

Nach Split EP, der gemeinsamen Debüt-Veröffentlichung mit Holger Warschkow, in der er sich der Lyrik und Kurzprosa widmete, sowie den Erzählbänden Irrfahrer und Layamon und dem Gedichtband 2020 liegen mit Löwenweisheit zwei weitere Erzählungen aus seiner Feder vor.

Erepheus

LÖWENWEISHEIT

Erzählungen

© 2021 Erepheus
woerterleuchten.de

Layout: Holger Warschkow
Illustrationen: pixabay.com, openclipart.com (Bearbeitung: Holger Warschkow)
Korrektorat: Christian Ziegler

Herstellung und Verlag:
BOD – Books on Demand, Norderstedt

ISBN: 9783754324202

INHALT

DIE HÖLLE DES KONSTANTIN K.

Erstes Protokoll

Konstantin K. klagt seit mehr als drei Wochen über den Verlust der Druck- und Schmerzempfindlichkeit in beiden Unterarmen. Für die Symptomatik konnten sowohl sein Hausarzt als auch das renommierte Universitätsklinikum physische Ursachen weitgehend ausschließen. Insbesondere die Abgrenzung der betroffenen Körperbereiche stimmt nicht mit den tatsächlichen Nervenbahnen überein. Der Befund impliziert vielmehr die Diagnose einer hysterischen Anästhesie. Zu ihrer Überprüfung stellte sich der Patient am Vierten des Monats in der oben genannten Praxisgemeinschaft vor. Da Herr K. in diesem Zusammenhang auch an einer psychotherapeutischen Sprechstunde teilgenommen hat, übernimmt die Krankenkasse eine Probatorik von vier Sitzungen.

Herr K. betritt den Behandlungsraum mit gesenktem Blick und in vorgebeugter Haltung. Seine Arme hängen steif herab und bewegen sich nicht im Rhythmus seiner wenigen langsamen Schritte. Als wären nicht sie, sondern der Körper ein Pendel, das zwischen zwei festgefügten Säulen schwingt. Oder aber wie ein Turner, der sich am Barren wiegt, während seine Arme starr das Körpergewicht halten. Herr K. trägt ein langärmliges, schwarzes Kapuzenshirt, dunkelblaue Jeans und auffällig gepflegte, moderne Sportschuhe. Seine halblangen Haare sind sorgsam frisiert und vermitteln den Eindruck, als wären sie erst vor Kurzem geschnitten worden.

Auf seinen Namen angesprochen reagiert Konstantin K. mit zustimmendem Brummen und kurzem Nicken. Während er sich dann dem angebotenen Stuhl schweigsam nähert, wagt er vorsichtige Seitenblicke auf die Einrichtung des Raumes. Schließlich lässt er sich wortlos auf den vorderen Teil der Sitzfläche nieder und behält die vorgebeugte Körperhaltung bei. Auf die Frage, ob er etwas trinken möchte, erfolgt zunächst ein leichtes Kopfschütteln. Dann scheint ihm klar zu werden, dass er zum Trinken seine Hände benutzen müsste und dass darum in der unbekümmerten Frage ein verborgener Sarkasmus gelegen haben könnte, denn er schaut plötzlich mit skeptischem Blick auf, ohne aber den Kopf ganz anzuheben oder seinen möglichen Gedanken zu formulieren.

Wie es ihm gehe.

Konstantin K. nimmt sich einige Sekunden Zeit, bevor er höflich erklärt, dass er sich gut fühle und sich anschließend für die Frage bedankt, was einerseits durch die Gefasstheit und andererseits mit dem Wissen um seine nicht grundlose Anwesenheit in der Praxis den Eindruck vermittelt, dass er lieber nicht gefragt worden wäre.

Was er von Beruf sei.

Jetzt antwortet Herr K., ohne zu zögern: „Ich bin Steuerberater und arbeite als Abteilungsleiter in einer großen Kanzlei." Seine ruhige, tiefe Stimme klingt vertrauenerweckend und seine Artikulation ist überraschend deutlich, fast mechanisch. Er spricht außerdem betont und leise, sodass beim Zuhören das angenehme Bild der Integrität entsteht.

Ob es ihm Freude mache, in seinem Beruf zu arbeiten.

Wieder reagiert Konstantin K. sofort: „Ich bin gut in dem, was ich tue. Mein Chef vertraut mir vollkommen und mein Team leistet wirklich hervorragende Arbeit." Aber mit einem Mal wirkt die Antwort trotz der warmen Stimme und ihrer verlässlichen Anmutung ein wenig einstudiert, vielleicht weil sie der eigentlich emotionalen Frage ausweicht. Als würde sich Herr K. lieber an Fakten als an Gefühle halten.

Wie lange er schon für die Kanzlei arbeite.

„Seit vier Jahren. Zuerst habe ich eine Ausbildung zum Steuerfachangestellten gemacht. Dann habe ich mich zum Steuerfachwirt weitergebildet und sieben Jahre in einer kleineren Kanzlei gearbeitet. Nach meiner Steuerberaterprüfung habe ich in die jetzige Kanzlei gewechselt und dort vor einem Jahr die Leitung einer Abteilung übernommen, die sich um die Jahresbilanzen und die Buchhaltung für unsere Zahnärzte kümmert. Es ist ein interessanter Aufgabenbereich, der auch sehr herausfordernd sein kann." Der Eindruck festigt sich, dass Herr K. gern über seine Arbeit spricht, wenn auch aus einer betriebswirtschaftlichen Perspektive. Er ist offensichtlich stolz auf seine beruflichen Leistungen und erfährt Anerkennung dafür.

Inwieweit die Arbeit für ihn interessant und herausfordernd sei.

Konstantin K., erneut mit einer Frage nach seinen Gefühlen konfrontiert, zögert. Seine Arme weisen wie zwei Eisenketten senkrecht zu Boden und beugen den gesamten Oberkörper, als hingen unsichtbare Gewichte an ihnen. Überraschend beginnt ein Finger seiner rechten Hand, einen Rhythmus gegen das Stuhlbein zu schlagen. Doch das Klopfen wird Konstantin K. nicht bewusst. „Meine Arbeit macht mir viel Spaß. Ich bin sehr glücklich, wenn sich die Zahlen zusammenfinden und ihre ganz eigene Welt entstehen lassen. Dann bin ich ein Besucher in einem wunderbaren Universum, wo alles seinen Platz besetzt und eine Aufgabe erfüllt. Es ist ein sehr ästhetisches Gefühl der Freude und so interessant, weil das Ergebnis jedes Mal neu und überraschend ist." Das Fingerklopfen verstummt, nachdem es einiges von ihrer früheren Souveränität aus seiner Stimme verscheucht hat. Nun schwanken die Sätze leicht im Tempo und gleichen Wellen, die kommen und gehen. Auch die Artikulation verwischt ein wenig und die Worte erscheinen noch leiser, als kosteten sie ihn Kraft.

Ob er ein Hobby habe.

Konstantin K. richtet sich auf und reagiert weniger zögerlich. Daher und weil sein Finger nicht zittert, wirkt er erleichtert, über ein anderes Thema sprechen zu können. Doch die gerade aktivierte Erinnerung an das ästhetische Gefühl der Freude erfüllt ihn noch und übt unverkennbar ihren Einfluss auf seine Antwort aus. „Ich weiß nicht, ob man das als Hobby bezeichnen würde." Er beendet die Feststellung mit einem nachdenklichen Brummen. „Ich gehe nämlich gern in den Park, weil ich dort sitzen und an nichts denken kann. Das ist wie ein kleiner Urlaub: ruhig und entspannend. Dann sehe ich beispielsweise den Vögeln zu, wie sie frei und völlig unaufgeregt über den Himmel fliegen. Es ist wunderschön zu sehen, wie harmonisch ihr gemeinsamer Flug funktioniert, und auch irgendwie erleichternd, dass ich keine Verantwortung dafür trage." Er macht eine kleine Pause, vielleicht um das Bild, das er vor sich sieht, wirken zu lassen. „Oder ich höre mit geschlossenen Augen dem Rauschen der Bäume zu. Oder ich betrachte die Blumen, wie sie sich im Licht sonnen. Das alles existiert, ohne dass ich dafür verantwortlich bin." Wenn seine Arme die starren Masten eines Schiffes sind, dann sind seine Augen jetzt der Ausguck und sein Blick geht weit in die Erinnerung. „Mir fällt auf, dass ich nie die Vögel oder die Bäume gezählt habe. Ich zähle nämlich sonst fast alles: Treppenstufen, Heftklammern, Wochentage. Das ist so eine Marotte von mir. Aber die Vögel, die Bäume und die Blumen im Park habe ich tatsächlich noch nie gezählt." Herr K. wählt seine Worte langsam und mit großem Bedacht, was zu der Empfindung führt, er kontrolliere sich sehr. Seine Körperhaltung lässt vermuten, dass er unter der Anstrengung leidet, die ihn die Kontrolle kostet. So vermittelt er insgesamt ein Gefühl der Schwere, die nicht nur an seinen Armen zu ziehen, sondern auch auf seinen Schultern zu lasten und seine Worte niederzudrücken scheint.

Ob er mit dem Zählen ein bestimmtes Ziel verbinde.

Konstantin K. entgegnet, dass er automatisch zähle, besonders wenn er nichts zu tun habe, oder sich ablenken wolle.

Wovon er sich ablenke.

Nach einer Antwort suchend zögert er und bemerkt wieder

nicht, wie ein Finger der rechten Hand seiner Kontrolle entkommt. Das treibende Klopfen kulminiert in dem Satz: „Vielleicht von Dingen, die nicht sofort zu lösen sind, wie beispielsweise eine Frage des Steuerrechts." Diesem Satz folgen ein abschätziges Brummen und die Stille seiner zu Boden weisenden Hände. Herr K. lässt bisher den Anspruch erkennen, einer als unvorteilhaft empfundenen Umwelt mit einem hohen Maß an Selbstoptimierung begegnen zu wollen, und zur gleichen Zeit die Enttäuschung darüber erahnen, diesem Maßstab nicht immer gerecht zu werden.

Auf die anschließende Frage nach seiner Symptomatik erklärt er, er fühle seine Arme nicht mehr. Ob die kompletten Arme betroffen seien. Er hebt die Schultern, als wollte er andeuten, dass er es nicht wisse. Dann erwidert er jedoch, die Oberarme könne er spüren. Ob seine Unterarme manchmal kribbelten oder andere Empfindungen auslösten. Konstantin K. verneint. Sie seien wie zwei Holzbalken, hätten kein Innen oder Außen, keine Temperatur und in sich auch kein Gewicht. Ihre Last spüre er nur in den Oberarmen und Schultern. Er glaube, dass Pinocchio sich so habe fühlen müssen, als er sich langsam in einen Menschen verwandelt habe. Oder besser: von einem Menschen wieder zurück in eine Holzpuppe. Ob sich die Taubheit in seinen Armen auch hin und wieder ausbreite und zurückgehe wie bei Pinocchio. Die Frage bewirkt einen langen Seitenblick aus dem Fenster.

„Vor vierundzwanzig Tagen sind meine Unterarme plötzlich taub geworden. Seit dem Tag hat es sich weder verbessert, verschlechtert noch sonst irgendwie verändert." Verhaltene Wut spricht aus seinen Worten, die eruptiv hervorbrechen wie Wellen gegen Klippen schlagen, oder vielleicht Ungeduld über seinen Zustand.

Ob er seine Unterarme bewegen könne.

„Seltsamerweise. Ich kann meine Arme beugen und meine Hände und Finger bewegen. Aber es ist so, als könnte ich das nicht kontrollieren, als würden meine Finger das von sich aus und vor allem nicht dann tun, wenn ich es will."

Herr K. sieht zu Boden und seine Stimme verebbt wie bei ausbleibender Flut.

Dann verneint Konstantin K. die Frage, ob er diese oder ähnliche Symptome früher schon einmal gehabt habe. Auch in seiner Familie sei seines Wissens niemals ein vergleichbarer Fall aufgetreten.

Ob er, abgesehen von seinen Unterarmen, weitere Beschwerden habe.

„Das Übliche bestimmt: Rückenschmerzen vor allem, hin und wieder Gelenk- oder auch Bauchschmerzen, manchmal Verdauungsprobleme, eine vielleicht stärker werdende Herbst- und Winterdepression und in letzter Zeit häufiger den Wunsch, mich mal richtig zu entspannen."

Auf die Frage, ob er Medikamente nehme, schüttelt Herr K. den Kopf.

Warum er gerade jetzt zum Arzt gegangen sei.

Herr K. blickt wieder zu Boden, überlegt und trommelt mit dem Finger seiner rechten Hand nervös gegen das Stuhlbein. Als führte der ein Eigenleben, noch unbemerkter als die Arme. Die sich auch unter dem schwarzen, langärmligen Kapuzenshirt nicht vergessen lassen. Weil ihr Gewicht so schmerzhaft an den Schultern zieht. Endlich antwortet Konstantin K. mit einer undeutlichen, ängstlichen Stimme wie ein Echo unter Wasser: „Es ist zu schwer geworden."

Was zu schwer geworden sei.

„Alles", flüstert er. Herr K. kapselt sich in seine unbequeme Körperhaltung ein und das Gefühl, er werde innerlich zerrissen, springt auf wie Puffmais: die nach vorn fallenden Schultern, die zu Boden ziehenden Arme, der wie autonom vor sich hin trommelnde Finger und schließlich der abwesende Blick. „Ich weiß nicht, wie es Ihnen geht", setzt Konstantin K. mit fremder, tonloser Stimme fort, „aber ich finde, dass das Leben harte Arbeit ist. Egal, was ich mache, oder mit wem ich zusammen bin, immer bin ich dazu verpflichtet, mich zu kontrollieren. Ich darf nicht ein einziges Mal unachtsam sein, denn, wenn ich es wäre, käme etwas zum Vorschein, was mir niemand wieder verzeiht." Das Geständnis hat eine enorm erschütternde Wirkung. Es fühlt sich an wie die finstere, eiskalte Leere des Weltalls, oder genauer: Als stürzte man durch diese Leere in einem endlosen Fall.

Was das sei, was ihm niemand wieder verzeihen würde.

Herr K. hebt den Kopf aus der Versteinerung des Körpers, wie ein Wanderer den Gipfel eines Felsens erklimmt, und sieht in Gedanken auf einen weit entfernten Punkt der inneren Landschaft. Seine hellblauen Augen sind dunkel umrändert und voller Furcht. Gleichzeitig spiegelt sich in seinem Blick größte Hilflosigkeit, als stünde er wirklich an einer steil abfallenden Klippe. Seine Gesichtshaut ist stumpf und blass, die Wangen sind glattrasiert und geben nicht den geringsten Hinweis auf nachwachsende Barthaare. Der Finger seiner rechten Hand trommelt ihn weiter. „Als Steuerberater trägt man eine große Verantwortung. Stellen Sie sich vor, ich würde meinen Mandanten falsche Informationen geben oder auch nur, weil ich es zufällig nicht besser weiß oder unkonzentriert bin, einen unrichtigen Eindruck vermitteln!" Langsam und vorsichtig tastet sich seine Stimme voran und das Klopfen wird schwächer. „Das könnte für alle die fatalsten Auswirkungen haben und Verluste in Millionenhöhe nach sich ziehen. Kontrolle schützt uns vor solchen Fehlern. Ohne sie würde wahrscheinlich alles den Bach runtergehen. Letztlich wäre sogar niemand sicher und alles könnte geschehen." Konstantin K. hält inne. Seine Stimme möchte zu ihrer anfänglichen Entschlossenheit zurückkehren, wie es einen Soldaten heimwärts zieht. Das Zittern des Fingers ist vorüber. „Die Kontrolle muss bei einem selbst beginnen, weil jeder Einzelne verlässlich zu sein hat, damit alle verlässlich sind. Das heißt, man muss in erster Linie seine eigenen Handlungen kontrollieren. Und das bedeutet vor allem die Kontrolle über das, was man sagt. Das wiederum setzt eine Kontrolle der Gedanken voraus, denn sie bestimmen das Handeln." Herr K. scheint zu glauben, dass Kontrolle keineswegs bloß die Einflussnahme einer staatlichen Verwaltung auf ihre Bürger wie beispielsweise bei der Prüfung von Pässen und Fahrkarten bedeute, sondern in einem strengeren Sinn die Gewalt über sich selbst sei. Das Wort, das vom französischen contre-rôle abstammt und dort ursprünglich ein Gegenstück bezeichnete, wie etwa dann, wenn zwei Zahnräder ineinandergreifen und sich auf diese Weise regulieren, wird von Herrn K. mit schwellender Stimme auf den Begriff einer intrapersonalen Überwachungsinstanz foucaultscher Prägung eingeengt. „Wer sich soweit kontrollieren kann, ist ein bemerkenswertes Mitglied der Gesellschaft. Ich bin fest davon überzeugt, dass Kontrolle der Grundpfeiler unserer Zivilisation ist. Wenn man..."

„Entschuldigen Sie, dass ich Sie unterbreche, aber Sie sagten vorhin, dass Sie Ihre Unterarme seit vierundzwanzig Tagen nicht mehr spüren. Können Sie mir sagen, was vor vierundzwanzig Tagen genau passiert ist?"

Herr K. senkt den Kopf und schweigt. Das ruft die irritierende Vorstellung hervor, er wäre darüber enttäuscht, bei einer Grundsatzrede unterbrochen worden zu sein. Dann nickt er mehrmals leicht mit dem Kopf, was wiederum Anlass zu dem Glauben gibt, er würde die Richtigkeit einer inneren Ansicht bestätigen, oder er hätte einen Entschluss gefasst. Schließlich erklärt er kategorisch: „Nichts, was mit meinen Armen zu tun haben kann." Daraufhin beugt sich Herr K. weiter vor, sodass er jetzt fast die Knie mit seinem Kopf berührt. Gleichzeitig rutscht er auf der Sitzfläche zurück. Dann richtet er den Oberkörper auf, sodass er sich anlehnen kann. Aber seine Augen fixieren noch immer den Boden und seine Arme haben die ganze Zeit wie zwei schwere Kuppelstangen senkrecht nach unten gewiesen.

„Wenn ich richtig rechne, war vor vierundzwanzig Tagen ein Sonntag. Erinnern Sie sich, was Sie an dem Tag gemacht haben?"

Es sei nicht einfach, das in die richtigen Worte zu bringen, flüstert Konstantin K. mehr zu sich als zu seinem Gegenüber. Er wisse nicht einmal, wo er da überhaupt beginnen solle, und sicher lohne es sich auch gar nicht.

Warum er denke, es…

Aber Konstantin K. unterbricht die Frage und verstärkt so den Eindruck, dass er eigentlich mit sich selbst spricht: „Was passiert ist, kann niemand wiedergutmachen. Es wird für immer zwischen uns stehen. Heute ahnen sie, wer ich wirklich bin, und haben Angst vor mir. Das höre ich, wenn sie mit mir sprechen, und ich sehe es auch in ihren Augen. Sie haben recht, ja. Aber ich konnte es wirklich nicht kontrollieren. Wenn ich es hätte kontrollieren können, hätte ich es doch auch getan. Nein, es war unmöglich." Der zitternde Finger führt sein eigenes Leben, die Stimme verschwindet wie ein vorbeirauschender Wind in der Ferne, seine Augen starren in eine leere Tiefe.

Was er nicht habe kontrollieren können.

Herr K. atmet tief ein und richtet sich dabei etwas auf. Er hebt sogar die Arme und kurz scheint es, als wollte er sie in den Schoß legen. Seine Hände sind die eines Menschen, der viel am Schreibtisch sitzt: eher klein, etwas länglich und weich. Die Nägel sind ebenso gepflegt wie seine Wangen und seine Frisur und der Anschein bewusster Sorgfalt wird

von der Reglosigkeit der Arme noch verstärkt. Ähnlich der starren Eleganz einer Schaufensterpuppe. Da fällt auf, dass es der rechte Ringfinger ist, der immer wieder seiner Kontrolle entgeht. Der Ehering ist silbern und glatt. „Ich wollte mich kontrollieren." Kürzere Pause. „Ich wollte meine Handlungen kontrollieren." Gefolgt von einer kraftlosen Wortwelle. „Ich wollte die Situation kontrollieren."
Ob er die Situation beschreiben könne.

„Mein Sohn hatte Konfirmation. Wir hatten ungewöhnlich viel Besuch in der Wohnung. Es war völlig chaotisch." Herr K. schüttelt den Kopf wie ein Pferd, das vor einer Bedrohung zurückscheut.

Wie die Gegenwart der vielen Leute auf ihn gewirkt habe.

Seine Antwort klingt wie ein Seufzen: „Wenn so viele Leute da sind, muss ich mich noch mehr kontrollieren. Oder anders gesagt, ist mein inneres Gleichgewicht dann so sehr in Gefahr, dass ich mich zusätzlich zu meiner normalen Selbstkontrolle noch mehr kontrollieren muss." Das schnelle Zittern des Ringfingers stört das Zuhören inzwischen fast so sehr, wie man sich beim Einsatz eines Abbruchhammers nur schlecht konzentrieren kann.

Wie sich diese starke Kontrolle für ihn anfühle.

„Wie ein Gefängnis. Als wäre ich in einem winzigen Raum eingesperrt, der mir nicht nur alle Bewegung unmöglich macht, sondern mir auch die Luft zum Atmen abdrückt." Seine Stimme springt in wütenden Stößen gegen die erinnerten Gefängnismauern und fällt zwischen den Gedanken in dunkle Täler hinab. „Aber das muss ich ertragen, um niemanden zu verletzen." Herr K. hebt den Kopf leicht an. Sein umherschweifender Blick ist erschöpft und er spricht auch nicht weiter. Sogar die Hand verlangt nach Ruhe und stellt ihr Zittern endlich ein. Nach einer Weile sieht Herr K. wieder zu Boden.

„Glauben Sie, dass ein Mensch wertvoll ist, wenn er es schafft, sich zu kontrollieren?"

Konstantin K. antwortet mit einem kurzen Nicken. Dann wird ihm möglicherweise bewusst, dass es sich bei der Frage um eine seiner eigenen Aussagen handelt, und vielleicht auch, dass in dem freien Zitat aus dem ursprünglichen Bemerkenswert ein Wertvoll geworden ist. Denn er drückt sich jetzt aus Vorsicht oder Ablehnung so fest an die Lehne des Stuhles, dass sich die Muskeln seiner Oberschenkel anspannen.

„Und heißt das im Umkehrschluss, dass ein Mensch, der sich nicht kontrolliert, nicht wertvoll ist?"

Herr K. schweigt und es könnte sein, dass er sich in einer Zwickmühle befindet. Denn einerseits ist die Bejahung der gestellten Frage notwendig, um das eigene stark kontrollierte Verhalten zu rechtfertigen. Andererseits könnte eben diese Selbstkontrolle verbieten, so etwas einem anderen Menschen gegenüber zu behaupten, weil die wertende Aussage das Gegenüber einschließen und verletzen würde.

„Ich weiß nicht, was in anderen Menschen vorgeht." Konstantin K. scheint erschöpft.

„Ich möchte Sie noch bitten, an Menschen zu denken, die Ihnen wichtig sind. Versuchen Sie zu formulieren, was diese Menschen heute zu Ihnen sagen würden." Es folgt eine so große Pause, dass kaum noch mit einer weiteren Äußerung gerechnet werden kann. Herr K. wirkt erneut wie versteinert und seine Arme scheinen Anker, die ihn im wirren Gestrüpp der Erinnerungen festhalten.

An wen er im Moment denke.

Konstantin K. schreckt zusammen, als er in seinen Gedanken unterbrochen wird. „An meine Frau, ich habe an meine Frau gedacht." Herr K. richtet sich leicht auf, was die Aufmerksamkeit erneut auf seine angespannten Oberschenkel lenkt. „Ich bin mir ziemlich sicher, dass sie mich für einen Versager hält. Sie hat schon vor einiger Zeit aufgehört, nach meiner Meinung zu fragen, und entscheidet jetzt alles allein, auch ohne mir Bescheid zu geben. Selbst im gleichen Zimmer benimmt sie sich, als wäre ich überhaupt nicht anwesend." Das Verhalten der Ehefrau scheint auf den ersten Blick keine ungewöhnliche Reaktion auf die Symptomatik ihres Mannes zu sein, falls sich sein Benehmen ihr gegenüber nicht deutlich von dem im Behandlungsraum unterscheidet. „Ja, ich glaube, wenn sie an mich denkt, muss es ihr wie ein großes Gewicht vorkommen, das auf ihr lastet. Neulich kam sie zum Beispiel ins Wohnzimmer, um die Blumen zu gießen, und als sie mich endlich in einem der Sessel bemerkte, erschrak sie so sehr, dass etwas Wasser aus der Gießkanne schwappte." Herr K. ist selbst die Verkörperung dieses Gewichts: Sein Kopf und seine Schultern biegen sich unter der enormen Last. Und es wäre wohl keine Überraschung, wenn noch der Stuhl, auf dem er hier sitzt, ächzte. „Aber am schlimmsten ist es, wie sie mich seit der Konfirmation ansieht. Ich spüre die Angst in ihren langen, fragenden Blicken. Manchmal fühle ich sie sogar hinter mir, wie sie sich in mich bohren und wissen wollen, wer ich bin." Wahrscheinlich ist eine gewisse Angst der Ehefrau nicht zu leugnen. Doch Herrn K. gelingt es nicht, die Ursache dieser Angst vollständig zu reflektieren. Er sieht sie allein in seiner eigenen Furcht, sich nicht kontrollieren zu können, und nicht beispielsweise in einer aufrichtigen Sorge um seine Gesundheit.

An wen er außerdem gedacht habe.

„An meine Kinder. Ich glaube, dass sie sich inzwischen für mich schämen, wenn sie an mich denken. Denn ich gehe davon aus, dass es für Kinder in ihrem Alter immens wichtig ist, Eltern zu haben, die in keiner Weise peinlich sind." Aus der psychotherapeutischen Sprechstunde geht hervor, dass Herr K. einen Sohn und eine Tochter im Alter von 14 und 11 Jahren hat. „Aber mein Verlust der Kontrolle, der in aller Öffentlichkeit und insbesondere im Beisein der Freunde meiner Kinder stattfand, muss für sie eine so große Blamage darstellen, dass sie sich ganz sicher wünschen, wir wären nicht verwandt. Seit der Konfirmation gehen sie mir jedenfalls aus dem Weg, wann immer sie können, und im Gegensatz zu den verängstigten Blicken meiner Frau sehen mich meine Kinder gar nicht mehr an."

Ob er mit seinen Kindern über den Kontrollverlust geredet habe.

„Natürlich nicht. So etwas würde ich nicht tun. Es ist

schlimm genug, dass sie damals alles miterleben mussten. Ich will sie nicht auch noch daran erinnern."

„Haben Sie an weitere Menschen gedacht?"

„Ich habe an meinen Bruder und an meine Schwester gedacht. Ich glaube, für sie bin ich seit der Konfirmation das, was ein Fehldruck für einen Sammler ist. Ich bin mir ziemlich sicher, dass sie hinter meinem Rücken über mich lachen und mit dem Finger auf mich zeigen. Und ich glaube außerdem, dass sie das tun müssen, um sich innerlich von mir zu distanzieren. Denn bestimmt befürchten sie, dass meine Schwierigkeiten genetische Ursachen haben könnten, und es ist ihnen sicherlich unangenehm, sich dieser latenten Gefahr zu stellen."

„Sie sagten: Was ein Fehldruck für einen Sammler ist. Soviel ich davon verstehe, zahlt ein Sammler für einen Fehldruck hohe Summen. Vermutlich ist ein Fehldruck sogar das Herzstück einer guten Sammlung. Jedenfalls wartet mancher Sammler auf einen Fehldruck bestimmt sein Leben lang. Warum sollte er also über ihn lachen oder mit dem Finger auf ihn zeigen, als wäre er etwas Lächerliches?"

„Entschuldigen Sie, ich habe mich falsch ausgedrückt. Ich meinte eher eine Abnormität als einen Fehldruck."

Was er unter Abnormität verstehe.

Konstantin K. überlegt und lacht plötzlich kurz auf. Dann erklärt er: „Ein echtes Galgengesicht. Etwas, was die Menschen an den dünnen Boden, auf dem wir uns bewegen, und den Abgrund darunter erinnert und was sie deshalb zurückweisen und lächerlich finden."

Was er mit dem dünnen Boden meine und dem Abgrund darunter.

„Der dünne Boden ist die unumstößliche Tatsache, dass jeder Mensch jederzeit die Kontrolle über sich verlieren kann. Und der Abgrund ist alles, was danach kommt: die ängstlichen Blicke, das Gerede hinter dem Rücken, die ganze Furcht. Aber ich verstehe wirklich nicht, warum wir uns die ganze Zeit darüber unterhalten. Sollten wir nicht lieber über meine Arme sprechen?"

Was er über seine Arme sagen wolle.

Herr K. wirkt irritiert und bewegt seinen Kopf für einen kurzen Moment zwischen Fenster, Tür und Boden ruckartig hin und her. Doch seine Arme bleiben weiterhin regungslos. „Ich? Ich möchte nichts über meine Arme sagen, jedenfalls nichts Spezielles. Ich würde nur gern wissen, was das Problem mit ihnen ist und wann sie wieder normal funktionieren."

Es handle sich bei den vier probatorischen Sitzungen um die Gelegenheit, sich diesen wichtigen Fragen anzunähern. Es brauche etwas Zeit und es sei wichtig, ein umfassendes Bild zu gewinnen. Herr K. senkt den Kopf, sodass der Eindruck von Resignation entsteht.

„Gibt es weitere Personen, an die Sie gedacht haben?"

„An meine Eltern. Mein Vater dürfte mich inzwischen als hoffnungslosen Fall abgeschrieben haben. Er gehört nämlich nicht zu den Menschen mit einem langen Atem. Ihm ist es meistens lieber, wenn die Dinge ihren gewohnten Gang nehmen und ihn nicht allzu sehr herausfordern. Neues ist ihm deshalb unangenehm und, da ich ihm etwas Unangenehmes geboten habe, bin ich hundertprozentig auf seine Liste mit all den Dingen gerutscht, mit denen er sich lieber nicht abgeben möchte." Herr K. setzt sich auf eine Dingliste und diese Entpersonalisierung erinnert im Zusammenwirken mit der schleppenden, monotonen Stimme, mit der er sie vorträgt, ein weiteres Mal an eine leblose Schaufensterpuppe. „Aber ich will damit nicht sagen, dass mein Vater das irgendwie böse meint. Es ist einfach nicht seine Art, sich länger bei den unschönen Seiten des Lebens aufzuhalten. Dagegen kann meine Mutter gar nicht aufhören, sich über so etwas Gedanken zu machen. Nicht, dass sie es lieben würde, denn eine Belastung ist es für sie auch, aber sie kann sich innerlich nicht von etwas lösen, was halbfertig oder in der Schwebe ist. In ihrer Welt muss alles perfekt sein, sonst findet sie keinen Frieden. Also nehme ich an, dass sie Tag und Nacht über mich und alles, was an dem Tag der Konfirmation geschehen ist, nachdenkt und natürlich, wie es soweit kommen konnte. Das Problem ist nur, dass sie nicht mit mir darüber spricht."

Ob er gern mit seiner Mutter darüber sprechen würde.

Herr K. scheint die Frage nicht gehört zu haben. Seine Blicke ruhen nicht mehr nur auf dem Boden, sondern nun sogar auf seinen Knien. Sein Ringfinger tickt einen schnellen Rhythmus, als würde so die Zeit rascher vergehen. Doch von der Seite ist zu bemerken, dass Konstantin K. ruhig und gleichmäßig atmet. Deshalb scheint er in Gedanken versunken. Erst als die Frage wiederholt wird, erstarrt der Finger und Konstantin K. hebt kurz beide Arme. „Nein." Dabei ist nicht ersichtlich, ob er mit Nein antwortet, weil er nicht gestört werden, oder weil er tatsächlich nicht mit seiner Mutter darüber sprechen möchte.

Ob sich seit dem Beginn der Sitzung für ihn etwas geändert habe.

Herr K. schweigt weiter, als würde er nicht mehr zuhören. Deshalb scheint es sinnvoll, dass sein letztes Nein tatsächlich keine Antwort auf die ihm gestellte Frage war.

Wie es ihm jetzt gehe.

Er atmet tief ein und aus. Dann strafft sich Konstantin K. leicht, schluckt und antwortet mit einem angedeuteten Nicken: „Gut, danke." Es ist eine genaue Wiederholung der Eingangsszene und Herr K. scheint deshalb jetzt innerlich zu der kontrollierten Entschlossenheit zurückzukehren, die ihn anfangs begleitete.

„Dann würde ich Sie gern bitten, für unser nächstes Treffen eine Liste mit Dingen anzufertigen, die sich seit der Konfirmation Ihres Sohnes für Sie verändert haben. Wenn Sie möchten, können Sie die Veränderungen in positive und negative einteilen."

Konstantin K. nickt zustimmend. Als ihm die Tür zum Warteraum geöffnet wird, erhebt er sich, ohne dass sich seine Arme bewegten, und läuft langsam auf die Tür zu. Doch scheint es, als würde für ihn dort keine Welt der Möglichkeiten, sondern nur ein noch kleinerer Raum liegen, aus dem sich kein Ausweg öffnet. Kurz vor dem Verlassen des Raumes murmelt er einen nachdenklichen Gruß.

Zweites Protokoll

Konstantin K. wartet bereits, als ihm die Tür zum Behandlungsraum geöffnet wird. Er trägt ein langärmliges olivgrünes T-Shirt ohne Aufdruck, eine leichte, graue Stoffhose und die bekannten, gepflegten Sportschuhe. Seine Schultern sind tief gebeugt, seine Arme hängen bewegungslos herab und sein Blick ist unverwandt auf den Boden gerichtet, als ginge er zu einer Prüfung, auf die er nur schlecht vorbereitet ist und bei der er darum seinen Misserfolg vorausahnt. Zögerlich tritt er ein und erwidert die Begrüßung blicklos mit einem leichten Kopfnicken und einem zustimmenden Murmeln. Dann geht er langsam in die Richtung, wo er seinen Stuhl erwartet. Aber der Stuhl befindet sich nicht an seinem Platz. Herr K. bleibt stehen und hebt den Kopf leicht an, um Antwort auf seinen irritierten, fragenden Blick zu finden.

„Bitte, setzen Sie sich doch heute auf diesen Platz. Ich hole mir einen anderen Stuhl." Mit deutlichem Unbehagen setzt sich Herr K. auf den Stuhl des Therapeuten. Der Vergleich mit einem scheuen Tier, einem Reh vielleicht, drängt sich auf, ist aber zugleich unpassend, weil ja das Wild immer ängstlich ist, nicht nur in unerwarteten Kontexten. „Möchten Sie etwas trinken?"

Anders als in der ersten Sitzung bejaht Konstantin K. die Frage, vielleicht noch aus Überraschung über den fehlenden Stuhl. Das Wasserglas wird auf den kleinen Tisch neben ihn gestellt, aber weder greift noch blickt er danach und auch auf seine Körperhaltung zeigt es keinerlei Wirkung. Herr K. sitzt in gekrümmter Haltung, mit hängenden Armen und gesenktem Blick auf der gesamten Sitzfläche des Stuhles, sodass er sich dieses Mal sofort anlehnen kann. Er macht einen nachdenklichen Eindruck, der sich nahtlos an das Bild anschließt, das er in der ersten Sitzung hinterließ.

Wie er sich heute fühle.

Konstantin K. zeigt den Drang zu einer Klarstellung, indem er auf die Frage zusammenhanglos und ohne weitere Einleitung antwortet: „Beim letzten Mal sind Sie meinen Äußerungen über die Bedeutung und Wichtigkeit der Selbstkontrolle mit der Aufgabe begegnet, ich solle mich mit den Augen meiner Familie sehen. Denn wahrscheinlich vermuteten Sie, ich würde Ihnen mitteilen, dass meine Familie mich trotz meines Fehlers immer noch liebt. Dann hätten Sie mir selbstverständlich vorhalten können, dass die Selbstkontrolle überflüssig ist. Weil das nicht nach Plan verlief, haben Sie mir eine Hausaufgabe gegeben, die mir zeigen soll, dass die Folgen des Kontrollverlusts verkraftbar wären und die Kontrolle darum unnütz. Aber auch das funktioniert nicht! Denn verstehen Sie: Ich darf die Selbstkontrolle nicht abgeben, alles andere wäre grenzenlose Dummheit. Ich weiß, wovon ich rede, denn einmal war ich so unglaublich dumm, dass ich die Kontrolle verlor. Und so dumm will ich nie wieder sein!" Die eindringliche Rede trägt weniger den Ton einer Anklage als den einer Berichtigung, darum wirkt Konstantin K. an ihrem Ende auch nicht erschöpft, sondern gestärkt. Seine Stimme ist ruhig und gefasst, sein Blick ist dem Gesprächspartner erstmals direkt zugewandt und das vormalige Zittern des rechten Ringfingers fehlt vollkommen.

Er möge verzeihen, es habe keine Absicht bestanden, ihm die Selbstkontrolle auszureden.

Herr K. zögert, sieht einen Moment zu Boden und dann wieder auf. „Keine Absicht?" Seine Stimme klingt noch immer ruhig, aber weniger gefasst. Sein Blick verschwimmt in eine innere Welt und sein Gesichtsausdruck lässt vermuten, dass es Erleichterung ist, die er dort findet.

Warum er glaube, dass ihn seine Familie nicht mehr liebe.

Sein Blick fällt zu Boden, wie ein Kartenhaus einstürzt, wenn jemand das Fenster öffnet. Von der anfänglichen Entschlossenheit bleibt nun keine Spur zurück. Stattdessen entgegnet Konstantin K. mit leiser, bergauf- und -absteigender Stimme: „Ich hoffe, dass meine Familie noch Liebe für mich fühlt, aber ihre Angst hat momentan ein so starkes Übergewicht, dass mir kein anderer Schluss übrigbleibt."

Ob er es also aus dem Verhalten der Familienmitglieder schließe.

Herr K. nickt einmal, ohne aufzusehen.

Oder ob es ihm jemand direkt gesagt habe.

Er schüttelt den Kopf.

Ob er erklären könne, was er damit meine, dass er dumm gewesen sei.

„Ich war dumm, weil ich zugelassen habe, dass so viele Leute zur Konfirmation meines Sohnes kamen."

„Ich verstehe nicht."

Konstantin K. räuspert sich, seine Stimme kratzt am Hals wie ein zu enges Hemd. „Ich wollte eigentlich nicht, dass mein Sohn konfirmiert wird, aber meine Frau hat darauf bestanden. Weil alle seine Freunde auch konfirmiert würden, sagte sie, und er wolle nicht der Einzige sein, der eine Ausnahme macht." Nach einer kleinen Pause fügt er an: „Also stimmte ich zu."

Ob er kirchlich sei.

„Nein. Ich gehe höchstens an den Feiertagen in die Kirche. Meine Frau ist evangelisch." Konstantin K. spricht verhalten und mit rauer, schwankender Stimme, als müsste er sich jedes Wort gründlich überlegen oder vor einer Bedrohung auf der Hut sein. „Damit will ich nicht sagen, dass seltene Besuche in der Evangelischen Kirche üblich wären, sondern nur dass ich meiner Frau zuliebe hin und wieder in die Kirche gehe." Beim Reden macht Herr K. oft kurze Pausen und räuspert sich einige Male, aber nach dem Wasserglas greift er nicht. Stattdessen hängen seine Arme gerade und unbeweglich herab, als zöge sie etwas mit sich in eine tiefe, ängstlich gehütete Verborgenheit. So bilden sie bloß scheinbar einen festen Rahmen für seine Erzählung. „Jedenfalls war die Konsequenz meiner Zustimmung eine Konfirmationsfeier, zu der sämtliche Familienmitglieder eingeladen waren. Und meine Kinder hatten obendrein noch durchgesetzt, dass ihre Freunde auch kommen durften."

Warum er der Feier zugestimmt habe.

„Wie ich sagte, aus Dummheit."

Aber er müsse sich seine Zustimmung in dem Moment doch irgendwie erklärt haben.

Herr K. brummt bestätigend. „Einerseits besaß ich nicht wirklich eine Wahl, denn ich wollte keinen Streit vom Zaun brechen, nachdem meine Frau schon entschieden hatte. Andererseits war mir zu dem Zeitpunkt nicht klar, was mit der Feier tatsächlich auf mich zukam."

Wie oft es in seiner Familie große Feste gebe.

„Nicht so oft. Das liegt hauptsächlich daran, dass wir nicht alle in der Nähe leben und es deshalb schwierig ist, so etwas zu koordinieren. Die letzte große Feier war die Hochzeit meiner Schwester und die liegt schon fünf oder sechs Jahre zurück."

Wie er sich dann vor dem Konfirmationsfest gefühlt habe.

Herr K. zögert erneut und sein Ringfinger zittert leicht in der Luft. Seine Augen suchen die Erinnerung vom Boden auf. „Die Konfirmation sollte um elf Uhr stattfinden und bis zum Abend gehen. Ein gemeinsames Mittagessen war in den Räumen der Kirche geplant. Dafür musste ein großes Buffet aufgebaut werden und vor dem Essen sollte ich schließlich eine Ansprache halten." Konstantin K. spricht jetzt sehr langsam. „Als ich am Morgen der Konfirmation am Frühstückstisch saß, war ich wegen dieser Rede ehrlich gesagt beunruhigt. Sie gefiel mir nicht und ich hatte ja auch keine Erfahrung. Also wollte ich mit meiner Frau darüber sprechen, aber sie hörte mir gar nicht zu. Sie lief hin und her, holte dies, machte das, nahm einen Bissen von ihrem Brötchen, trank einen Schluck von ihrem Tee und eilte schon wieder in ein anderes Zimmer, um was weiß ich dort zu erledigen. Währenddessen rief sie mir Dinge zu, die mich wohl beruhigen oder aufmuntern sollten, oder sie stellte mir plötzlich ganz interessierte Fragen und war dann schon mit anderem beschäftigt, wenn ich die Fragen noch beantwortete, sodass sie mich mehrmals darum bitten musste, alles zu wiederholen." Konstantin K. weint, als er davon berichtet, dass seine Frau ihm nicht zuhörte. Jedenfalls fallen eins, zwei Tränen auf seine graue Hose und hinterlassen dunkle Punkte. Er erzählt unter Anstrengung und seine Stimme ruht sich nach wenigen Worten immer wieder aus, eben wie das Meer, das zu Atem kommen muss, bevor es erneut gegen das Land anzulaufen vermag. Inzwischen zittert die komplette rechte Hand, unbemerkt von Herrn K. „Dazu kam, dass meine beiden Kinder sehr aufgeregt waren. Meine Tochter saß mit ihrem Handy am Tisch, schrieb und empfing ständig Nachrichten von ihren Freundinnen, die sie mir dann sofort mitteilte. Sie fragte ganz andere Dinge als die, die mich gerade beschäftigten, und sagte mir Sachen, die ich deshalb gar nicht richtig hörte. So wie meine Frau mir nicht richtig zuhörte." Konstantin K. hält einige Sekunden inne, denn er scheint sehr außer Atem zu sein. Ob ihm bewusst ist, dass er die mangelnde Beachtung seiner Frau an seine Tochter weitergibt, ist ungewiss, denn Herr K. weint nicht mehr. Stattdessen beginnt er etwas flüssiger: „Und mein Sohn war mit seinen eigenen Vorbereitungen für den Tag beschäftigt. Er lief ebenfalls hin und her, kam in die Küche, suchte etwas, lief wieder fort." Das

Zittern der rechten Hand nimmt weiter zu, während die Stimme nur noch so leise wie aus großer Ferne klingt. „In dem ganzen Durcheinander gingen mir ständig einzelne Passagen meiner Rede im Kopf herum. Je öfter ich sie mir vorsagte und je mehr Hin- und Hergelaufe in unserer Wohnung herrschte, desto schlechter erschienen sie mir und desto unruhiger wurde ich."

Warum er nicht zu einem anderen Zeitpunkt und in aller Ruhe mit seiner Frau über die bevorstehende Ansprache geredet habe.

„Weil ich wohl gehofft hatte, dass ich es allein schaffen würde. Außerdem wollte ich meine Frau nicht unnötig belasten." Seine Körperhaltung ist angespannt, seine Stimme gleicht Meereswellen und die unempfindlichen Arme sind zwei Gefäße voller Sorgen und Zweifel, schwer und unhaltbar wie Sand. Der Ringfinder und die ganze rechte Hand zittern. Außerdem hat Herr K. noch immer keinen Schluck getrunken.

Warum er meine, dass es eine Belastung für seine Frau gewesen wäre, mit ihm über die Rede zu sprechen.

„Weil sie…" Er bricht ab, schweigt einen Moment. Dann erklärt Konstantin K.: „Ich habe keine Ahnung. Sie gibt mir oft ein Gefühl von Unfähigkeit. Als wäre für sie alles ganz einfach, was mich große Mühe kostet. Vielleicht zeige ich es ihr deshalb nicht gern, wenn ich mit irgendetwas nicht zurechtkomme."

Wie seine Frau denn reagieren würde, wenn er es ihr doch einmal zeigte.

Herr K. brummt, als erinnerte er sich an etwas Unangenehmes. „Vielleicht würde sie sagen, dass sie mich nicht versteht. Und auf jeden Fall hätte sie dann diesen vernichtenden Blick."

Was dieser Blick bedeute.

Konstantin K. beugt sich langsam so weit nach vorn, dass er sich nicht mehr anlehnt. Den Kopf hebt er leicht an, dann entgegnet er, als verrate er ein Geheimnis: „Er sagt, dass sie enttäuscht ist, weil ich meine Aufgaben nicht schaffe, weil ich nicht der starke Mann bin, den sie sich erhofft hatte, zu dem sie aufblicken kann."

Ob seine Frau auch am Morgen der Konfirmation diesen Blick gehabt habe, als er mit ihr über die Rede habe sprechen wollen.

Konstantin K. lehnt sich wieder zurück. „Keine Ahnung. Sie war beschäftigt." Er hält inne und scheint nachzudenken. Dann erklärt er unter wiederholtem Nicken: „Das Frühstück war nicht der richtige Zeitpunkt, um über die Ansprache zu reden. Ich glaube aber, dass ich mir in den Wochen vorher noch nicht eingestehen konnte, dass ich mit der Rede Probleme hatte."

Warum er es sich nicht habe eingestehen können.

„Weil ich zu lange gehofft habe, ich hätte alles unter Kontrolle." Herr K. drückt sich wieder mit Kraft gegen die Stuhllehne. Dann endet das Zittern seiner rechten Hand abrupt. „Wer weiß, vielleicht hatte ich es ja auch unter Kontrolle. Die Rede wurde schließlich nie gehalten und das heißt, dass man nicht sicher sein kann. Vielleicht brauchte ich nur eine kleine Bestätigung, dass ich an alles gedacht und alles richtig formuliert hatte. Und weil ich die Bestätigung in dem ganzen Durcheinander nicht bekam, erschien mir die Rede am Ende schlimmer, als sie wirklich war." Herr K. scheint die Erklärung an sich selbst zu richten. Durch die Kausalzusammenhänge wirkt sie wie eine Rechtfertigung und durch den Klang der Stimme wie Wut oder Trotz.

Was er nach dem Frühstück gemacht habe.

„Ich bin ins Bad gegangen. Da war ich einen Moment allein und konnte mich wieder beruhigen." Zitternde Hand. „Natürlich hat dann meine Tochter an die Tür geklopft und gerufen, sie müsse sich jetzt unbedingt fertigmachen und ich solle mich beeilen. Aber ich brauchte diesen Moment für mich. Also habe ich ihr nicht geantwortet." Also behandelte er seine Tochter wieder so, wie ihn seine Frau.

Wie er sich beruhigt habe.

„Ich weiß es nicht mehr!" Herr K. fährt plötzlich gereizt auf. Er rutscht auf seinem Stuhl nach vorn und hebt die Arme zur Verdeutlichung seiner Ratlosigkeit seitlich an. Dabei stößt er energisch mit der linken Hand an den kleinen Tisch, worauf das Wasserglas aus dem Gleichgewicht gerät, umfällt, sirrt und das Wasser über den Tisch auf den Boden schwappt. Konstantin K. bemerkt es aber gar nicht und redet seltsam gereizt weiter: „Ich habe mir wahrscheinlich gesagt, dass alles gut wird und ich mir keine Gedanken machen muss. Vielleicht habe ich auch Atemübungen gemacht oder geweint." Das leere Wasserglas rollt über den Tisch und stürzt zu Boden. Dort zerbricht es klirrend. Erst in dem Moment bemerkt Herr K. den Unfall und springt überrascht auf. Seine Arme zieht er dabei schützend vor die Brust. Dann weicht er einige Zentimeter zurück und nimmt wieder die gekrümmte Körperhaltung mit den reglos herabhängenden Armen ein. Vielleicht ist in seiner verkrampften Haltung eine Art Selbstbestrafung zu vermuten.

„Machen Sie sich um das Wasserglas keine Sorgen. Missgeschicke können jedem passieren."

„Bitte entschuldigen Sie. Ich weiß gar nicht, wie ich..." Er wirkt plötzlich wieder wie ein Kind, das nach der missglückten Prüfung mit einer Strafpredigt rechnet. „Natürlich werde ich Ihnen das Glas ersetzen." Herr K. bleibt stehen und starrt angestrengt zu Boden, jedoch nicht auf die Stelle mit dem verschütteten Wasser.

„Sie brauchen das Glas nicht zu ersetzen. Bitte, machen Sie sich keine Vorwürfe!"

Herr K. antwortet nicht und wirkt zugleich sehr konzentriert. Dann nickt er leicht, als hätte er wieder einen Entschluss gefasst, oder würde einen Gedanken bestätigen.

„Bitte setzen Sie sich!"

Konstantin K. setzt sich auf den vorderen Teil des Stuhles und sieht zu Boden.

„Um auf unser Gespräch zurückzukommen: Sie sagten, Sie hätten im Bad vielleicht geweint. Warum haben Sie geweint?"

„Weil ich wütend war. Ich war wütend auf mich, weil ich mit der Rede so schlecht zurechtkam." Herr K. atmet tief ein und aus. Dann blickt er langsam auf. In seinen Augen sind wieder Tränen zu erkennen, als empfinde er gerade ebensolchen Zorn. Für einen Augenblick sieht er zum Fenster. Überall Spiegel, und doch kann er die wahre Ursache seiner Wut nicht erkennen.

Wie lange er im Bad geblieben sei.

„Nicht lang, es wollten ja alle anderen auch hinein. Als ich aus dem Bad kam, nahm mir meine Tochter die Klinke praktisch aus der Hand."

Was er dann gemacht habe.

Konstantin K. blickt zu Boden. „Ich war auf dem Weg ins Schlafzimmer, um mich umzuziehen, da klingelte es zum ersten Mal an der Tür. Meine Tochter war gerade im Bad, mein Sohn in seinem Zimmer und meine Frau rief aus der Küche, ob ich öffnen könne, sie habe keine Hand frei. Also hatte ich wieder keine Wahl und öffnete im Schlafanzug."

Herr K. scheint seine Unzufriedenheit mit der Situation betonen und sich selbst als machtlos darstellen zu wollen. „Es waren meine Eltern und mein Bruder mit seiner Freundin. Als sie die Treppe heraufkamen, lachten sie über mein Aussehen und machten ein paar Witze. Wir umarmten uns und sie riefen nach meinem Sohn. Wo ist denn unser großer Held? Was macht der fast Erwachsene? Und so weiter. Die Männer zogen ihre Schuhe aus, die Frauen hingen ihre Handtaschen an die Garderobe. Meine Frau schaute aus der Küchentür und alle schwatzten durcheinander. Wie geht es dir, mein Lieber, fragte mich mein Vater, aber bevor ich antworten konnte, sagte mein Bruder schon, er habe Fotos von seinem neuen Bogen, die er mir unbedingt zeigen müsse. Darauf entgegnete mein Vater, das könnten wir wohl später machen, jetzt sei erst einmal sein Enkel wichtig. Als meine Tochter aus dem Bad kam, stieg der Geräuschpegel noch einmal an, weil sich jetzt die Frauen begrüßten und umarmten."

Wie er sich dabei gefühlt habe.

„Ich hatte keine Zeit, mich irgendwie zu fühlen. Alles ging schon drunter und drüber und sie redeten so schnell, dass ich mich ganz auf das Gespräch konzentrieren musste, um mitzubekommen, wann jemand etwas zu mir sagte, und entsprechend zu reagieren. Aber natürlich freute ich mich, meine Eltern und meinen Bruder wiederzusehen. Außerdem ist es schön, wenn meine Kinder ihre Großeltern treffen. Sie kommen sehr gut miteinander klar und das ist ja nicht selbstverständlich." Herr K. wirft niemandem vor, ihn nicht zu Wort kommen zu lassen, und setzt vernünftige Freude an die Stelle des zu erwartenden Schmerzes. „Als es im Flur etwas ruhiger wurde, weil die Frauen in der Küche schwatzten und die Männer das Zimmer meines Sohnes betraten, klingelte es schon wieder. Außer mir schien es niemand zu bemerken und darum öffnete ich erneut. Jetzt kamen vier Freunde meines Sohnes und ich fühlte mich sehr unwohl, weil ich noch immer nicht dazu gekommen war, mich ordentlich anzuziehen." Das Zittern seiner rechten Hand dirigiert die Geschichte allegro. „Die Jungen störte mein Aussehen nicht, oder sie zeigten es mir bloß nicht, denn sie begrüßten mich höflich. Dann warfen sie allerdings ihre Schuhe unachtsam in den Flur und verzogen sich schnell zu meinem Sohn. Meine Mutter kam dazu, weil sie ins Bad musste, und sagte zu mir: Na, mein Junge, alles gut? Aber bevor ich ihr antworten konnte, war sie schon verschwunden. Also bückte ich mich, um die Schuhe der Jungen aufzuräumen. Da klingelte plötzlich das Telefon." Herr K. macht eine hilflose Bewegung mit den Schultern.

Warum er begonnen habe, die Schuhe der Jungen aufzuräumen, statt sich umzuziehen.

Konstantin K. schweigt und das Zittern der Hand wechselt zu vivace. Erst nach einigen Augenblicken erwidert er: „Sie waren unordentlich und ich mag es nicht, wenn Schuhe unordentlich herumliegen." Seine eigenen Sportschuhe weisen weder Schmutz noch Abnutzung auf. Herr K. ist ein ordentlicher Mann, das kann man sehen und anerkennen. „Außerdem hatte ich ja wieder keine Zeit, denn wie gesagt rief in dem Augenblick meine Schwester an und erzählte aufgeregt, dass sie gerade dabei sei, das Geschenk für meinen Sohn abzuholen, und dass sie dafür unbedingt seine Kleidergröße brauche. Ich konnte ihr nicht so einfach helfen, versprach aber nachzusehen und zurückzurufen. Als ich gerade aufgelegt hatte, kam mein Bruder zu mir, zog mich zur Seite und zeigte mir voller Stolz die Fotos von seinem neuen Bogen. Er witzelte dabei ein wenig, weil seine Freundin nicht wollte, dass er so viel Geld für sein Hobby ausgebe. Und ich versuchte einerseits, ihm das Gefühl zu geben, dass ich ihn verstand, und andererseits, darauf zu achten, dass dadurch zwischen ihm und seiner Freundin keine Missstimmung aufkäme. Dann unterbrach uns unser Vater, der auch das Zimmer meines Sohnes verlassen musste, nachdem dessen Freunde es in Beschlag genommen hatten, und tadelte meinen Bruder, weil er immer nur das Bogenschießen im Kopf habe. Auf diese Weise befreite er mich zwar, aber als dann meine Frau nach mir rief, weil sie mir sagen wollte, dass sich ihre Eltern etwas verspäteten, hatte ich den Anruf meiner Schwester bereits vergessen." Herr K. wirkt müde. Seine Stimme ist so schleppend und leise geworden, dass es schwerfällt, ihn zu verstehen. Die Arme ziehen mit ihrem ganzen Gewicht seine Schultern nach unten. Nur seine rechte Hand zuckt lebendig wie eine störende Fliege.

Warum er niemandem gesagt habe, dass er sich umziehen müsse.

„Ich kam nicht dazu. Ständig passierte etwas." Er brummt verächtlich. „Ja, wahrscheinlich habe ich auch das Umziehen vergessen." Die zitternde Hand beruhigt sich leicht, die Stimme wird ein wenig lauter. „Wissen Sie, als ich jünger war, hatte ich immer Angst davor, etwas zu vergessen. Sie kennen das womöglich: Man geht aus der Haustür und fragt sich augenblicklich, ob man den Herd ausgeschaltet hat, ob das Licht noch brennt, oder ob die Wohnungstür richtig abgeschlossen ist. Deshalb habe ich irgendwann angefangen, Zettel zu schreiben, und seitdem vergesse ich nur noch selten etwas." Dann senkt sich seine Stimme, als wiederholte sie den Konflikt zwischen dem lauten Reden der Familie und der eigenen Sprachlosigkeit. „Aber verstehen

Sie: Am Tag der Konfirmation hatte ich einfach keine Ruhe, einen Zettel zu schreiben." Durch seine Art, leise und eindringlich zu sprechen und sich dabei kaum zu bewegen, erzeugt Herr K. eine seltsam verschwörerische Atmosphäre und vermittelt das Gefühl, Geständnisse entgegenzunehmen.

Wie er schließlich bemerkt habe, dass er seine Schwester vergessen hatte.

„Ich habe nicht meine Schwester vergessen!" Konstantin K. blickt vorwurfsvoll auf. „Ich habe lediglich vergessen, dass meine Schwester mich gebeten hatte, ihr die Kleidergröße meines Sohnes mitzuteilen."

Wie er das bemerkt habe.

„Zuerst klingelte es ein weiteres Mal an der Tür, denn jetzt kamen die Freundinnen meiner Tochter. Das Durcheinander im Flur nahm wieder zu, weil sich alle begrüßten, während sich die Mädchen höflich bei meinem Sohn vorstellten und ihm alle zugleich zum Ehrentag gratulierten – nicht ohne sich ein bisschen zu genieren und vielleicht auch stolz darauf zu sein, auf die Feier eines älteren Jungen zu gehen. Nachdem die Mädchen dann kichernd ins Zimmer meiner Tochter, die Frauen in die Küche und die Männer ins Wohnzimmer verschwunden sind, war ich gerade dabei, die herumliegenden Schuhe aufzuräumen, als mein Handy klingelte. Es lag auf der Kommode und schon während ich es in die Hand nahm, wusste ich, wer anrief und habe gespürt, wie es heiß über meinen Rücken lief. Da war es in der Wohnung mittlerweile so laut wie auf einer Party. Als ich den Anruf annahm, musste ich mir mit der anderen Hand das Ohr zuhalten, damit ich überhaupt etwas verstand. Meine Schwester war natürlich verärgert, dass ich mein Versprechen nicht gehalten hatte."

Ob er ihr da erklärt habe, wie es dazu gekommen sei.

„Natürlich nicht. Wie hätte ich das denn machen sollen? Es war so laut und ich konnte wegen des ganzen Trubels nicht richtig sprechen. Ich habe mich einfach entschuldigt und ihr das gleiche Versprechen noch einmal gegeben." So werden wir sterben, wie wir gelebt haben, unter Gerümpel aus den Vorstädten, nach Gewicht taxiert unter den Postskripten des Versäumten.

Was er dann gemacht habe.

„Nachdem ich aufgelegt hatte, suchte ich meine Frau, um sie nach der Kleidergröße meines Sohnes zu fragen."

Warum er nicht selbst nachgesehen habe.

„Weil ich nicht weiß, wie man so etwas macht. Meine Frau kauft unsere Kleidung. Außerdem waren die Freunde meines Sohnes in seinem Zimmer und ich wollte nicht stören." Es festigt sich das Bild eines ängstlichen Menschen, dem es schwerfällt, seine Bedürfnisse zu vermitteln. „Meine Frau war jedenfalls nicht da, als ich in die Küche kam. Ich wusste auch nicht, wo sie war, denn in dem ganzen Durcheinander habe ich nicht darauf geachtet. Aber, weil ich so schnell wie möglich eine Antwort brauchte, um meine Schwester zurückrufen zu können, bat ich meine Mutter um Hilfe. Dabei musste ich zunächst warten, weil sie mit der Freundin meines Bruders redete und sich nicht unterbrechen ließ. Als ich es schließlich heraushatte, wusste sie schon, dass meine Schwester danach gefragt hatte, und sagte bloß, sie habe vor zwei Minuten mit ihr gesprochen. Alles sei erledigt."

Ob dann seine Mutter mit seiner Schwester telefoniert habe, während er vom Flur in die Küche gegangen sei.

„Das ist seltsam, ich weiß. Aber das Einzige, was ich auf dem Weg zwischen Flur und Küche gemacht habe, war, die Schuhe zu ordnen. Es war ja schon ein ziemlicher Haufen." Demzufolge hat Konstantin K. einige Minuten damit zugebracht, die Schuhe aufzuräumen, ohne sich im gleichen Umfang daran zu erinnern. „Jedenfalls war ich ziemlich froh, dass sich das Problem mit der Kleidergröße gelöst hatte, und ich staunte wieder darüber, dass andere Menschen so wenig Schwierigkeiten haben, die Dinge in den Griff zu bekommen. Deswegen fiel mir wahrscheinlich auch ein, dass ich mich jetzt endlich umziehen musste. Aber auf dem Weg ins Schlafzimmer kam ich nur bis zur Wohnungstür, wo es in dem Moment wieder klingelte. Als ich öffnete, waren es Freunde von meiner Frau: zwei Arbeitskollegen mit ihren Partnern und eine Freundin vom Chor samt Mann und zwei Kleinkindern. Inzwischen hatten mich alle Leute – und darunter viele, die ich überhaupt zum ersten Mal traf – in Pyjama und Morgenmantel kennengelernt, obwohl sie natürlich kein Wort darüber verloren."

Ob er sich gewünscht habe, dass ihn jemand darauf anspreche.

Konstantin K. überlegt einen Moment. „Nein und ja. Nein,

weil es mir peinlich gewesen wäre und ich auch nicht gewusst hätte, was ich hätte antworten können. Und ja, weil sich dann vielleicht eine Gelegenheit ergeben hätte, mich umzuziehen."

Ob er sich gewünscht habe, dass ihm jemand auf diese Weise helfe.

„Ja, ich denke schon, dass ich in der Situation Hilfe gebraucht habe. Außerdem hätte ich gern gewusst, wie das alles weitergehen sollte. Deshalb rief ich auch nach meiner Frau, was die Umstehenden übrigens nicht daran hinderte, in einer Lautstärke weiterzusprechen, die man normalerweise nur dann benutzt, wenn man in einer Disco die Musik übertönen will. Also musste ich geradezu nach meiner Frau schreien." Konstantin K. betont das letzte Wort so, dass der Gedanke an ein verlorenes Kind aufblitzt. Vielleicht hatte er sich ähnlich hilflos gefühlt.

Ob seine Frau darauf reagiert habe.

„Nein, sie blieb verschwunden. Und um sie zu suchen, hatte ich keine Zeit mehr. Ich musste mich jetzt wirklich umziehen. Da fiel mir ein, dass ich mich ebenso noch duschen und Zähne putzen musste, und weil ich gerade in der Nähe des Badezimmers stand, glaubte ich, Zeit sparen zu können, wenn ich nicht erst ins Schlafzimmer ginge, um meine Sachen zu holen." Der Eindruck verstärkt sich, dass Herr K. aus dem anderen Grund nicht in der Lage war, sich umzuziehen.

Warum er nicht schon geduscht und Zähne geputzt habe, als er früher im Bad gewesen sei.

„Da war ich doch mit meiner Rede beschäftigt und habe nicht daran gedacht." Seine Augen sind auf seine Oberschenkel gerichtet. Er atmet ruhig, aber seine Worte sind kaum noch zu hören. Umso störender wirkt die zitternde Hand.

Wie er sich heute fühle, wenn er an all die vergeblichen Versuche zurückdenke, sich aus dem ganzen Durcheinander zurückzunehmen und endlich umzuziehen.

„Ich komme mir dumm vor und irgendwie ist mir die Geschichte sehr peinlich. Ich glaube, sie erweckt den Eindruck, dass ich unfähig bin, ein normales Leben zu führen."

Ob er selbst auch diesen Eindruck habe.

„Nein." Konstantin K. richtet sich auf und die zitternde Hand beruhigt sich etwas. „Ich finde eigentlich, dass ich gut zurechtkomme. Der Konfirmationstag war bloß eine Ausnahme. Ich war schrecklich unvorbereitet, als all die Leute kamen. Sie werden sicher sagen, ich hätte die Zeit besser nutzen sollen, und ja, da haben Sie natürlich recht." Herr K. schweigt einen Moment und hebt dabei seine Hände. Mit ihnen streicht er über seine Oberschenkel. Und obwohl er sich dabei zusieht, scheint er es nicht zu bemerken. „Aber abgesehen davon ist mir so etwas früher nie passiert." Seine Arme nehmen wieder ihre gewohnte Position ein.

Wie er sich im Augenblick fühle.

Konstantin K. blickt auf. „Ich bin sehr müde." Seine Augen unterstreichen die Aussage und die Haltung seines Oberkörpers scheint sie sogar noch zu verstärken. Aber die Hand ist zur Ruhe gekommen und seine Stimme klingt etwas lauter und sicherer als zuvor. „Das Erzählen hat mich angestrengt."

„Ich möchte Sie bitten, zur nächsten Sitzung die Mitglieder ihrer Familie nach der Rolle, die sie für Sie spielen auf einem Papier anzuordnen. Schreiben Sie sich ganz einfach in die Mitte des Blattes und gruppieren Sie die anderen Personen in bestimmten Abständen um Sie herum. Sie können auch zwischen den Personen Linien ziehen und die Beziehungen untereinander mit Symbolen oder Wörtern verdeutlichen."

Konstantin K. nickt. Dann bleibt er sitzen, bis ihm die Tür geöffnet wird. Nachdem er seinen Blick während des Gesprächs mehrmals gehoben hat, scheint ihm jetzt keine Kraft mehr dazu vorhanden. Im Gehen murmelt er einen Abschiedsgruß.

Drittes Protokoll

Konstantin K. erscheint pünktlich, betritt den Behandlungsraum mit hängenden Schultern, gesenktem Kopf und reglos herabweisenden Armen. Er geht langsam und bedächtig, fast als würde er am Boden nach sicheren Stellen für seine Füße suchen. Er trägt ein graues T-Shirt, darüber eine hellgrüne, langärmlige Strickjacke, eine schwarze Jeans und die gepflegten Sportschuhe. Statt eines Grußes bleibt er stehen und zieht ein Briefkuvert aus seiner Hosentasche. Dann hält er es mit ausgestreckter Hand vor sich in den leeren Raum. Blicklos wie der Lakai eines alten Adelshauses erklärt er: „In dem Umschlag ist Geld für das zerbrochene Glas." Während der letzten Sitzung hat Konstantin K. eine Irritation erfahren, als sein Stuhl nicht am erwarteten Platz stand. Das erlaubte Einblicke in seine psychische Konstitution. Heute ist alles wie zu Beginn und es besteht die Hoffnung, dass sich Herr K. entspannt und weitere Einblicke erlaubt.

Nachdem ihm der Umschlag abgenommen wurde, wartet er, bis ihm ein Platz angewiesen wird, und setzt sich erst, nachdem das geschehen ist. Dabei gleicht seine Körperhaltung ganz jener in der ersten Sitzung: Er benutzt nur den vorderen Teil der Sitzfläche, lehnt sich nicht an und richtet seinen Blick auf eine unbekannte Stelle am Boden. Seine Arme hängen leblos herab wie zwei zu kurze Krücken.

Ob er etwas trinken möchte.

Konstantin K. schüttelt den Kopf, blickt nicht auf. Und trägt das Bewusstsein seiner Niederlage mit sich wie ein Siegesbanner.

Wie er sich heute fühle.

Er überlegt einen Moment, dann erwidert er: „Ich fühle mich noch immer ziemlich schlecht wegen der Geschichte mit der Konfirmation und ich wünschte wirklich, sie wäre niemals passiert. Aber ich habe viel nachgedacht und muss Ihnen nochmals sagen, dass ich nicht glaube, die ganze Sache hätte etwas mit meinen Armen zu tun. Können Sie mir nicht einfach ein Medikament verschreiben?" Seine Stimme ist höher und die Worte fallen schneller als in den vorausgegangenen beiden Sitzungen. Herr K. wirkt daher unruhig, gehetzt.

Es dürfe ihm kein Medikament verschrieben werden, bevor die Diagnostik abgeschlossen sei. Ob er die Familienaufstellung mitgebracht habe.

Konstantin K. erklärt, dass sich die Liste in dem Umschlag mit dem Geld befinde.

In der Mitte des weißen Blattes stehen in kleiner kompakter Handschrift etwa fünfzehn Vornamen als Liste untereinander und in Klammern die zugehörigen Verwandtschaftsgrade. Am linken Rand ist das Wort ich zu lesen. Zum einen scheint das Personalpronomen neben der kompakten Namenskolonne fast zu verschwinden, zum anderen erweckt die Anordnung den Eindruck, Konstantin K. habe dem Abstand zwischen sich und den Namen entgegen den vorausgegangenen Erläuterungen keinerlei Bedeutung beigemessen.

Ob die Personen in der Liste geordnet seien.

„Ich habe sie dem Alter nach aufgeschrieben."

Warum er die Personen aufgelistet habe, statt sie in verschiedenen Entfernungen um sich herum anzuordnen.

Herr K. zögert, doch seine rechte Hand bleibt unbewegt. „Weil sie Familie sind." Es klingt überrascht, als könnte sich die Frage beim Anblick des Papiers gar nicht stellen.

Wie er das meine.

Konstantin K. hebt den Kopf leicht an, sodass sein irritierter, fragender Blick erkennbar ist. „Ich meine, wie könnte man zwischen den Familienmitgliedern irgendeinen Unter-

49

schied machen? Das würde doch bedeuten, die Kernidee von Familie zu verleugnen."

Wie er die Idee von Familie in diesem Fall beschreiben würde.

Er senkt den Blick zu Boden, gleichzeitig senkt sich auch seine Stimmhöhe. „In einer Familie sind alle gleich. So wie die Bürger eines Landes aufgrund ihrer Zugehörigkeit zu diesem Land vor dem nationalen Gesetz alle gleich sind."

Warum er sich dann aber selbst an den Rand und die anderen in die Mitte geschrieben habe.

Konstantin K. erwidert zunächst nichts. Er sieht auf den Boden und scheint zu überlegen. Der Ringfinger seiner rechten Hand bewegt sich kurz. Dann stellt Herr K. mit seiner tieferen, etwas leiseren Stimme fest: „Ich weiß es nicht. Ich habe zuerst die Spalte mit den Namen geschrieben und später das Wort ich hinzugefügt." Dabei bewegen sich seine beiden Arme für einen kurzen Moment leicht nach vorn, was den Anschein von Nachdrücklichkeit macht. Vielleicht geben Listen Herrn K. ein wesentliches Gefühl von Kontrolle. Dadurch könnten sie eine Möglichkeit sein, tabuisierte, verdrängte Themen aufzudecken. Besonders, weil er seine Beziehungen nach ihnen zu gestalten scheint.

„Ich danke Ihnen für die Aufstellung und würde mich freuen, wenn Sie zum nächsten Mal die Liste mit positiven und negativen Veränderungen seit dem Tag der Konfirmation mitbringen könnten."

Konstantin K. brummt zustimmend und nickt.

„Bei unserer letzten Sitzung haben Sie erzählt, welche

Mühe es Sie am Morgen der Konfirmation kostete, ins Schlafzimmer zu gelangen, um sich umzuziehen. Sie sagten, Sie seien immer wieder aufgehalten worden und hätten wegen des ganzen Durcheinanders sogar mehrmals vergessen, was Sie tun wollten. Außerdem haben Sie niemanden gefunden, der Ihnen geholfen hätte. Ich würde gern wissen, ob es öfter vorkommt, dass Sie durch die Umstände aufgehalten werden und Ihre Vorhaben nicht beenden können."

Konstantin K. nickt erneut, aber nur flüchtig. „Ich bemühe mich stets um einen freundlichen und hilfsbereiten Umgang mit anderen. Natürlich strenge ich mich an, meine Aufgaben zu schaffen und die Anforderungen zu erfüllen, die die Firma oder meine Familie an mich stellen. Denn es ist mir wichtig, gut zu funktionieren, wie man sagt. Aber leider habe ich nicht immer die nötige Kraft, mich auf nur eine Sache zu konzentrieren. Es passiert nämlich oft, dass mich jemand um Hilfe bittet, obwohl ich gerade mit einer anderen Sache beschäftigt bin. Aus Höflichkeit gehe ich darauf ein und helfe, aber am Ende bleibt meine eigene Aufgabe unerledigt."

Wie er mit diesem Charakterzug umgehe.

„Ich versuche, es allen recht zu machen." Konstantin K. beugt sich ein wenig nach vorn und seine Stimme klingt noch etwas tiefer. „Ich schreibe mir Notizzettel, die ich, wenn ich mich wieder meinen ursprünglichen Aufgaben zuwenden kann, Schritt für Schritt abarbeite. Wenigstens im Berufsleben funktioniert das gut, nur privat kann ich mir natürlich nicht alles notieren. Da gelte ich dann als schusselig, obwohl das eigentlich nicht stimmt."

Ob seine Familie das wisse.

Konstantin K. schüttelt den Kopf und schweigt. Sein Ringfinger beginnt einen vorsichtigen Tanz.

Was geschehen sei, als er sich am Tag der Konfirmation entschieden hatte, ins Bad zu gehen, um zu duschen und Zähne zu putzen.

Nach einem längeren Augenblick entgegnet Konstantin K. zögerlich: „Ich öffnete die Tür zum Bad und musste überrascht feststellen, dass mein Sohn und seine Freunde drin waren. Wann sie hineingelangt und warum sie die Tür nicht abgeschlossen hatten, weiß ich nicht und fragte auch nicht, weil ich zu irritiert war. Ich sah sie nur mit offenem Mund an, während sie lachten. Der eine hantierte mit einem Deo, der andere kämmte sich, der Dritte richtete sein Hemd. Mein Sohn verlangte, dass ich die Tür wieder schließen solle. Ich erwiderte, dass ich aber unbedingt ins Bad müsse. Dass ich die Dusche und nicht die Toilette meinte, verschwieg ich, um ein bisschen Druck aufzubauen. Doch es wirkte nicht so gut wie erwartet, denn mein Sohn sagte nur gelassen, sie würden gleich fertig sein und dann rauskommen."

Warum er versucht habe, indirekt Druck aufzubauen, statt seinen Wunsch direkt zu äußern.

„Weil ich höflich sein wollte." Dem Satz folgt eine Pause, als müsste sich Konstantin K. von einer erbrachten Leistung erholen. Der rechte Ringfinger klopft sacht an ein Stuhlbein.

Was danach geschehen sei.

Konstantin K. spricht mit leiserer, schleppender Stimme, die wieder an die ankämpfenden Wellen eines Meeres denken lässt. „Als ich die Badtür unverrichteter Dinge geschlossen hatte, wurde ich von den beiden Arbeitskollegen meiner Frau in ein Gespräch verwickelt. Sie fragten nach unserer Wohnung, wie groß sie sei, wie lange wir darin wohnten, ob wir zufrieden seien. Ich antwortete höflich und versuchte, sie nicht spüren zu lassen, dass ich es eigentlich eilig hatte. Außerdem hoffte ich noch, dass ich schneller ins Bad käme, wenn ich jetzt nicht wegginge. Aber als ich schließlich gerettet war, weil die Ehefrauen der beiden Kollegen sie in die Küche riefen, und ich gleich wieder die Badtür in der Hoffnung öffnete, dort zum Duschen und Zähneputzen zu kommen, musste ich feststellen, dass statt der Jungen jetzt die Mädchen drin waren. Auch sie hatten die Tür seltsamerweise nicht abgeschlossen und ich glaube, dass ich dieses Mal vor Scham errötete. Ich war so durcheinander, dass ich nicht mehr sicher sagen konnte, ob man Badtüren hinter sich generell abschloss oder nicht. Es schien auch niemanden zu stören, dass ich dort wie angewurzelt stand und die Mädchen bei ihrer Kosmetik beobachtete. Im Gegenteil: Plötzlich tauchten auch die beiden Kleinkinder der Chorfreundin auf und gingen ins vollbesetzte Bad, als ob das die natürlichste Sache der Welt wäre. Der kleine Junge setzte sich sogar unverschämt auf die Toilette, sodass ich ganz geplättet zurücktaumelte, ohne die Tür wieder schließen zu können." Konstantin K. ist kaum zu verstehen. Er murmelt die Worte wie ein Mantra in seinen Schoß. Wie er dasitzt, wirkt, als hinge er ganz allein in einem leeren Zwischenraum, verloren und unerreichbar fern. Denn so sehr seine reglosen Arme nach unten weisen, den festen Boden erreichen sie nicht. „Als ich meinen Schock überwunden hatte, trat ich wieder in die Tür und schimpfte und scheuchte die Kinder fort. Sie ließen es auch nacheinander geschehen, verdarben sich aber dadurch ihre ausgelassene Laune nicht. Als mich der kleine Junge frech mit seinen Händen zur Seite drückte, um das Bad verlassen zu können, fiel mir übrigens auf, dass er sich die vorher nicht einmal gewaschen hatte. Aber er war zu schnell entwischt, als dass ich daran etwas hätte ändern können. Und nun stellen Sie sich vor: Gerade als ich durch den Kleinen kurz abgelenkt war, huschten zwei der Freunde meines Sohnes wieder ins Bad, obwohl die Mädchen noch gar nicht alle draußen waren! Es war wie verhext und ich fühlte mich zu dem Zeitpunkt schon ganz machtlos."

Ob er das Gefühl der Machtlosigkeit näher beschreiben könne.

Herr K. hebt langsam den Kopf und sieht sein Gegenüber an. Seine blauen Blicke sind ängstlich und hilfesuchend, seine Haut ist blass und talgig, nur ein bisschen heller als die Farbe seines T-Shirts. Seine rechte Hand wippt stärker hin und her und berührt dabei hörbar das Stuhlbein. Das Geräusch erinnert an einen Marsch, einen Marsch zu einem verdammten Ort. Ein Ort ohne Ordnung, ein Land ohne Listen mit Regeln. „Es ist so, als ob Sie jemand zwingen würde, aus einem Baum ein Boot zu bauen und Ihnen jedes Werkzeug dazu verweigert. Oder als würden Sie mit dem Auto im Stau stehen, während dort, wohin Sie wollen, Ihre Familie Sie dringend braucht. Eine Wut im Bauch, eine Raserei, die den Baum und das Auto und einen selbst zerstört, aber keinen einzigen Schritt weiter zum Ziel führt." Mythische Tantalusqualen.

Ob er den Kindern diese Wut zeigte, als er vor dem vollen Badezimmer gestanden habe.

Konstantin K. sieht zu Boden und sein Gesicht überzieht ein Hauch Röte. „Ich glaube, ich habe ihnen gedroht, wenn sie nicht augenblicklich verschwinden würden, würde ich mich duschen, egal ob sie da wären oder nicht."

Ob er den Kindern auch gesagt habe, dass er sich auf die Konfirmation vorbereiten und deshalb ins Bad müsse.

„Dass ich ins Bad muss, wiederholte ich öfter. Aber natürlich habe ich mich nicht mit Erklärungen gerechtfertigt. Es sind doch Kinder!" Es klingt, als wären die Kinder erst vier oder fünf Jahre alt. Aber das scheint Konstantin K. ebenso wenig zu bemerken, wie sein Dilemma, Hilfe zu brauchen, ohne jemandem ein eindeutiges Zeichen geben zu können.

Wie die Kinder reagiert hätten.

Herr K. brummt enttäuscht. „Sie hörten nicht auf mich. Also habe ich meine Drohung dadurch unterstrichen, dass ich demonstrativ den Morgenmantel auszog. Ich war wirklich wütend, wissen Sie. Und das Durcheinander in der ganzen Wohnung war so groß, dass mir gar kein anderer Ausweg möglich schien." Er macht eine kleine Pause, kommt zu Atem. „Meine Frau war nicht da, um mir zu helfen, niemand beachtete mich und die Zeit verging wie im Flug. Wenn ich mich richtig erinnere, war es keine Stunde mehr, bis wir zur Kirche fahren mussten."

Ob sein Entkleiden schließlich dazu geführt habe, dass die Kinder das Bad verließen.

„Ja, sie haben die Köpfe zusammengesteckt und getuschelt. Keines hat mich angesehen. Aber sie sind endlich rausgegangen und ich konnte ins Bad."

Worüber die Kinder seiner Meinung nach getuschelt hätten.

„Über mich selbstverständlich. Aber das war mir egal. Ich hatte das Bad endlich für mich. Glaubte ich wenigstens. Denn als ich meine Hausschuhe und meinen Pyjama ausgezogen hatte und den Duschvorhang zur Seite zog, stand dort plötzlich mein Bruder und duschte." Die rechte Hand trommelt kraftvoll, aber unbemerkt gegen das Holz des Stuhles. „Er sah mich zornig an und er fluchte, nicht einmal hier hätte man seine Ruhe. Dann riss er mir den Vorhang heftig aus der Hand und zog ihn wieder zu."

Wie das möglich gewesen sei, dass sein Bruder plötzlich duschte.

„Das weiß ich wirklich nicht. Ich kann mich nur daran erinnern, dass ich die Kinder endlich los war, mich auszog und auf meinen Bruder traf. Ich war so verwirrt und schockiert, dass ich gar nichts sagen oder tun konnte. Ich stand wie angewurzelt da und hätte am liebsten geschrien." Woran sich halten, wie noch bestehen, wenn alles, was man mit

Sicherheit weiß, verrutscht und zerfällt?

Warum er habe schreien wollen.

„Weil ich nicht mehr wusste, was ich noch tun sollte. Alles war so schrecklich verquer! Und egal, was ich tat, es wurde immer schlimmer." Seine Stimme liegt am Boden wie ein erschlagener Feind, seine Arme und Schultern weisen den Weg, sein Blick schaut machtlos hinterher.

Warum er nicht geschrien habe.

Nach kurzem Zögern brummt Konstantin K. ratlos und entgegnet: „Das weiß ich nicht. Ich glaube, weil es nicht meine Art ist, laut zu werden." Dann kehrt er mit leisen Worten zu seiner Geschichte zurück. „Durch mein Entsetzen hindurch hörte ich meinen Bruder schimpfen: Verschwinde schon! Was willst du denn noch? Da kam ich wieder zu mir, drehte mich um und wollte nach meinen Sachen greifen. Aber wo waren die? Ich war mir ganz sicher, dass ich sie auf die Waschmaschine gelegt hatte, aber dort lagen sie nicht. Ich dachte, vielleicht seien sie runtergefallen, und suchte auf dem Boden nach ihnen. Aber ich konnte sie nirgends entdecken. Plötzlich war ich mir unsicher, denn vielleicht hatte ich sie gar nicht im Bad, sondern im Flur ausgezogen. Ich begann an meinen Nägeln zu kauen, weil ich inzwischen so nervös geworden war. Vor Scham lief es mir heiß durch den ganzen Körper, aber ein klarer Gedanke wollte mir einfach nicht kommen. Dann rief mein Bruder wieder: Bist du immer noch hier? Und wie ein Verbrecher in einer fremden Wohnung öffnete ich die Badtür, in der Hoffnung, dass mich niemand bemerken würde." Seine beiden Hände sind jetzt zu Fäusten geballt, die Worte stoßen trotzig hervor, wie Wellen, die wütend ein machtloses Schiff hin- und herwerfen. Dann hebt sich seine kratzige Stimme leicht und die rechte Hand zittert stark.

Ob seine Hoffnung erfüllt worden sei.

„Nein, es waren zu viele Menschen in unserer kleinen Wohnung. Überall standen sie und unterhielten sich. Überall liefen sie hin und her, um irgendetwas zu holen oder zu bringen. Ich hatte überhaupt keine Chance. Splitternackt war ich, als sie mich bemerkten und entsetzt aufschrien. Mit den Händen bedeckte ich meine Scham und das war vermutlich umso schlimmer, weil ich auch noch anfasste, was keiner sehen wollte. Es war ein grauenvoller Augenblick!" Konstantin K. schlägt unbewusst mit den Knöcheln seiner geballten Faust an den Stuhl und sein gebeugter Körper ächzt. Er atmet zitternd, fast schluchzend, und es dauert lang, bis er sich wieder etwas beruhigt. Dann nimmt er das angebotene Taschentuch und putzt die Nase, trocknet die Tränen, ohne zu bemerken, dass er dafür seine Hände benutzt.

Ob er manchmal den Wunsch verspüre, nackt zu sein.

Konstantin K. schüttelt abwehrend den Kopf. „Nein. Vielleicht als Jugendlicher, aber heute sicher nein. Deshalb rannte ich ja auch, so schnell ich konnte, ins Schlafzimmer, um mich anzuziehen. Aber dort war es noch viel schlimmer. Meine Eltern saßen auf dem Bett und redeten mit meiner Schwester, die inzwischen gekommen war, und den Eltern meiner Frau. Meine Frau hielt ein weißes Hemd in die Höhe und ich glaube, sie alle begutachteten das Geschenk für meinen Sohn oder irgendwelche anderen Sachen, die meine Schwester gekauft und mitgebracht hatte. Jedenfalls lagen überall Kleidungsstücke herum, gingen von Hand zu Hand und ich hörte, wie sie die Materialien und Verarbeitungen prüften. Dorthinein stürzte ich nackt, von den Blicken unserer Gäste verfolgt und ausgelacht." Seine Worte sind laut und wütend, seine Hände noch immer zwei Fäuste, die den Boden bedrohen. Die Augen lassen die Vergangenheit nicht entkommen.

Wie viele Menschen hinter ihm gewesen seien.

„Es musste mittlerweile mehrmals geklingelt haben, keine Ahnung. Die Wohnung war prall gefüllt wie bei einer Studentenparty und ich hatte keinen Überblick mehr, wer alles da war."

Wie weit der Weg vom Bad ins Schlafzimmer sei.

Herr K. erwidert: „Vom Bad ins Schlafzimmer sind es nur drei oder vier Meter. Wegen der vielen Leute musste ich aber ausweichen, was den Weg verlängerte. Insgesamt hat es trotzdem sicher nur einige Sekunden gedauert, bis ich im Schlafzimmer war."

Was er dort getan habe.

„Als ich meine Frau endlich wiedersah, stürzte ich zu ihr. Ich wollte sie umarmen und mich bei ihr verstecken. Doch sie starrte mich ganz entsetzt an und wich reflexartig zurück. Das weiße Hemd hielt sie schützend zwischen uns und in ihrem Blick las ich zum ersten Mal die Abscheu und die Angst, die ihn seither nicht mehr verlassen haben. Wir standen uns im Schlafzimmer gegenüber und alle Augen waren auf uns gerichtet, auf unsere ruinierte Ehe. Plötzlich war mir egal, ob ich nackt war oder nicht. Denn meine Frau hatte mich von sich gestoßen!"

Aus welchem Grund ihn seine Frau von sich gestoßen habe.

„Weil sie deutlich sah, dass ich die Kontrolle verloren hatte. An einem so wichtigen Tag, an dem sie und die Kinder sich auf mich hätten verlassen müssen, habe ich versagt. Meine Nacktheit war wie ein Sinnbild dafür, dass mein Versagen nicht mehr zu verbergen war."

Worin genau sein Versagen bestanden habe.

Konstantin K. nickt, als würde er zustimmen, dass die Frage notwendig sei. Er spricht jetzt wieder leise und eindringlich, kaum zu hören, zumal seine rechte Hand fortwährend an das vordere Stuhlbein trommelt. „Eigentlich hätte ich bereits geduscht und angekleidet sein müssen. Meine Aufgabe wäre es gewesen, mich um die Gäste und die Kinder zu kümmern und dafür zu sorgen, dass sich alle wohlfühlten und rechtzeitig fertig wären, um zur Kirche zu fahren. Stattdessen rannte ich nackt wie ein Wilder durch die Wohnung und machte den ganzen Tag kaputt." Er legt die Worte immer tiefer vor sich ab, sodass sie fast nicht mehr zu erkennen sind. „Wenn ich mich besser kontrolliert und getan hätte, was man von mir erwartete, wäre das alles nicht passiert."

Ob ihm früher jemand gesagt habe, was an diesem Tag von ihm erwartet werde.

Konstantin K. blickt mühsam auf, seine Augen zeigen Überraschung. Dann schüttelt er langsam den Kopf. „Ich dachte, so etwas müsse man nicht sagen. Es würde sich von selbst verstehen."

Wie es im Schlafzimmer weitergegangen sei.

„Meine Frau war nicht bereit, mich zu schützen, und ich hatte keine Kraft mehr, gegen das Chaos anzukämpfen. Ich stand reglos da und sah beschämt zu Boden. Die Erkenntnis meines Versagens, meiner Schande lastet seitdem auf mir." Seine Schultern krümmen sich unter dem empfangenen Gewicht.

Was er mit Schande meine.

Herr K. schließt die Augen und atmet ein paar Mal tief ein, als wäre das Universum ein Versehen. Dann führt er überraschend seine Hände an den Mund, als wollte er sich am Sprechen hindern. Schließlich lässt er sie wieder sinken und sagt: „Meine Schande besteht darin, meiner Familie so wenig zu gleichen. Als ich damals im Schlafzimmer stand, bildete sie einen Kreis um mich her. Alle waren ordentlich gekleidet, hatten Wichtiges zu tun und niemand konnte ihnen irgendetwas vorwerfen. Von dieser hohen moralischen Warte aus sahen sie schockiert und verständnislos auf mich herab. Und wie der Abstand zwischen ihnen und den hineindrängenden Fremden hinter mir immer kleiner wurde, so wuchs die Distanz zwischen ihnen und mir zu einem unüberbrückbaren Graben. Wäre ich betrunken gewesen, hätte ich unflätig geschrien und geschimpft oder vielleicht behauptet, jemanden ermordet zu haben, wäre das Entsetzen kaum größer gewesen." Konstantin K. hält inne. Er atmet schwer und schluckt mehrmals gegen die kratzigen Wunden an, die die raue Erinnerung zurücklässt. „Ja, meine Schande besteht darin, dass ich entlarvt bin, dass es mit einem Mal sichtbar ist, wie sehr ich meine Familie bislang getäuscht habe."

Wie er seine Familie getäuscht habe.

Seine wieder geöffnete Hand dirigiert die folgenden Worte. „Es ist immer eine Täuschung, wenn man sich kontrolliert. Denn dann ist man ja anders als ohne die Kontrolle. Wenn man sich also kontrolliert, lässt man es nicht zu, von anderen wahrhaft erkannt zu werden. Das nennt man eine Täuschung! Alles, was ich tat, dachte und war, ist eine Reihe von Unterwerfungen. Im Innersten dessen, was ich dachte, war ich nicht ich."

Ob es dann nicht sinnvoller sei, auf die Kontrolle zu verzichten.

Konstantin K. antwortet sofort und ohne die rhythmische Untermalung seiner Hand: „Nein, denn niemand interessiert sich wirklich dafür, einen anderen Menschen zu kennen. Egal, was die Leute behaupten. Wir haben unsere Bilder voneinander, unsere Projektionen, das ist absolut ausreichend. Denn es geht schließlich nicht um Wahrheit oder Ehrlichkeit, sondern bloß darum, miteinander auszukommen. Rollen und Selbstkontrolle helfen uns viel besser, eine gewisse Verlässlichkeit in unseren Beziehungen zu erreichen, als schonungslose Aufrichtigkeit." Er schweigt einen Moment, überlegt vielleicht, ob ein Zweifel an seinen Worten haften geblieben sein könnte. Seine Schultern straffen sich leicht, wodurch sich die reglosen Arme anheben und die Vorstellung entsteht, sie würden eine Wahrheit ans Licht ziehen. „Damals, als ich die Kontrolle verloren hatte, habe ich versagt und plötzlich konnten mich alle sehen, wie ich tatsächlich bin."

Warum es seiner Meinung nach so schlecht sei, sich offen und ehrlich zu zeigen.

„Wenn man so ist wie ich, ist es schlimm. Erst die immense Distanz, die zwischen mir und allen anderen besteht, macht es zu der Schande, die ich meine. Wenn andere ihre Kontrolle verlieren, mag es weniger schlimm sein, weil sie weniger verbergen." Konstantin K. scheint sich erstmals als Einzelnen und nicht mehr als einen unter Vielen wahrzunehmen. Der Kontrollverlust bringt ihm sich selbst näher. Trotzdem empfindet er nur die gleichzeitige Entfernung von anderen als schmerzhaft und schuldbelastet.

Die Distanz, die ihn von seiner Familie trenne, sei immerhin die gleiche Distanz, die seine Familie von ihm trenne.

Konstantin K. überlegt, dann antwortet er: „Sie haben recht, ich habe mich nicht richtig ausgedrückt. Ich dachte an die immense Distanz zwischen mir und der Normalität."

Was seiner Meinung nach die Normalität sei.

„Meine Familie ist die Normalität. Für sie ist immer alles ganz einfach. In jeder Situation wissen sie, was wie wann und wo zu tun ist. Und sie sind sich außerdem immer einig darüber." Die Worte lassen die Erinnerung an die Liste wiederkehren: eine Wand aus Namen gegenüber einem winzigen Ich.

Was seine Familie im Schlafzimmer für ihn getan habe.

„Jemand legte mir eine Decke um. Ich weiß nicht, wer es war. Aber ich kann mich daran erinnern, dass ich es als angenehm empfand. Die Decke war warm und schützte mich vor den bohrenden Blicken. Ich hielt sie ganz fest und fühlte mich mit einem Mal müde, als hätte ich drei Tage nicht geschlafen. Dann spürte ich Dankbarkeit und sah auf, um den zu finden, der mir die Decke gegeben hatte. Noch einmal wollte ich mich bemühen und die Situation retten. Ich wollte meiner Familie zeigen, dass ich ihrer wert wäre, drehte mich um und ging zum Kleiderschrank, um mich endlich anzuziehen. Ich öffnete die Schranktüren, doch als ich hineinsah, erkannte ich schnell, dass all meine Sachen verschwunden waren. Ich drehte mich mit neuer Angst um und sah, dass die fremden Kinder im Flur mit ihnen spielten, sie sich zuwarfen und dabei ausgelassen lachten, als würden sie die Habseligkeiten eines längst verurteilten Verbrechers plündern. Und weil ich sie gar nicht kannte, empfand ich die Demütigung ihres Handelns umso mehr. Ich glaube, ich habe dieses Mal vor Schmerz sogar geschrien."

Konstantin K. murmelt die Worte langsam vor sich hin, während die Angespanntheit seines Körpers die ganze Verzweiflung des Augenblicks spürbar werden lässt.

Ob er sicher sei, dass es sich um seine Kleidung gehandelt habe.

Er schüttelt langsam den Kopf. „Natürlich konnte ich das nicht so genau erkennen, aber mein Schrank war leer und die Kinder spielten mit Kleidungsstücken."

Was er dann gemacht habe.

„Ich fühlte die neue Schande, das Ausgelachtwerden, die Ohnmacht und einen fürchterlichen Hass auf diejenigen, die mir das antaten. Meine Frau hat versucht, mich festzuhalten. Sie hat ihre Fingernägel regelrecht in meine nackten Schultern gerissen und sich mit ihrem ganzen Gewicht an mich gehängt. Aber sie konnte mich nicht aufhalten, verlor mich und fiel zu Boden. Ich stürzte gerade dadurch, dass ich plötzlich wieder frei war, umso wuchtiger in den Flur und zwischen die Kinder, die ich zu greifen versuchte, um ihnen meine Sachen wegzunehmen. Ich war immer noch nackt und blutete jetzt auch an Schultern und Rücken. Deshalb schrien die Kinder und fingen an zu weinen. Ich glaube, ein Vater hat sogar nach mir getreten."

Ob er durch sein Handeln etwas habe ausrichten können.

„Ich lag nun im Flur auf dem Boden, war nackt, blutete und hatte Schmerzen. Alle Menschen, die ich sah, waren Fremde. In ihren Blicken spürte ich den Schock, die ganze Kälte und die Abscheu. Ich fühlte mich total verlassen und allein. Da gab es niemanden mehr, in dem sich irgendein Mitgefühl bei meinem Anblick regte. Niemand konnte mich verstehen, niemand hatte Mitleid mit mir. Ich war wie Kot auf der Straße, bei dem man sich höchstens selbst leidtut, wenn man ihn plötzlich bemerkt. Man rümpft die Nase, verzieht angewidert den Mund, schüttelt den Kopf über so viel Rücksichtslosigkeit, einem den Haufen in den Weg zu legen, und macht einen Bogen, um seine Anwesenheit so schnell wie möglich zu vergessen." Herr K. starrt auf den

Boden wie in ein Höllenfeuer. Seine Hand tanzt wieder ihren Teufelstanz, seine steifen Arme binden ihn fest an die Folterbank. Es ist anzunehmen, dass er den beschriebenen Ekel in sich selbst findet. „Wo war meine Familie? Ich glaube, dass ich damals nur diese Frage stellte. Meine Frau, meine Eltern, meine Kinder, meine Geschwister. Sie hatten mich alle verlassen. Sie hatten sich mit den anderen von mir abgewandt. Das war das stärkste und schlimmste Gefühl."

Ob er auf seine Familie wütend sei.

Herr K. blickt zum Fenster. „Kann sein. Ich verstehe zwar, warum sie mich allein ließen, aber es fühlt sich gleichzeitig falsch an. Als hätte es noch eine andere Möglichkeit geben müssen." Seine Stimme zittert nicht mehr, die rechte Hand beendet ihren Tanz. Langsam breitet sich Ruhe über seinen verkrampften Körper, wie sich die Nacht über die Widersprüche des Tages legt.

Wie er sich jetzt fühle.

Konstantin K. steht erschöpft am Jabbok und ringt mit der Erinnerung. „Das Verrückteste ist, dass die Kontrolle, um die ich mich so lang bemüht habe, jetzt tatsächlich sinnlos ist. Denn egal, wie sehr ich mich auch anstrenge, meine Familie wird niemals vergessen, was an dem Tag passiert ist."

Ob er das als Entlastung empfinden könne.

Herr K. sieht zu Boden und nickt. Plötzlich fallen Tränen in seinen Schoß. Mag sein, dass es Tränen über sein Verlassensein sind. Dann richtet er sich leicht auf und bedankt sich höflich, als wäre er sich gerade erst der Situation bewusst geworden und dass er nicht allein ist. Mit einem Taschentuch reinigt er sich und scheint jetzt ruhig wie das Meer nach einem Sturm. Die Tür wird ihm geöffnet, er erhebt sich und geht langsam hinaus. Zuletzt murmelt er einen Gruß, dann verlässt er das Behandlungszimmer, als würde er aus einem Bus aussteigen oder über eine Straße gehen.

Viertes Protokoll

Konstantin K. erscheint zur vereinbarten Zeit, aber der Behandlungsraum bleibt geschlossen. Im leeren Wartezimmer hängt eine große, unaufhaltsam tickende Wanduhr, die bereits drei Minuten nach Sitzungsbeginn anzeigt. Für Herrn K. handelt es sich um eine grundlose Verspätung. Das Ziel ist jedoch einerseits, seine Selbstkontrolle zu belasten, und andererseits, das Ausmaß der möglicherweise erzeugten Irritation zu beobachten. Als sich die Tür endlich öffnet, erhebt sich Konstantin K. rasch, verharrt einen winzigen Moment, als hätte ihn das schnelle Aufstehen erschreckt, und geht dann gewohnt langsam auf die offene Tür zu. Die überraschende Verspätung wird er mit keinem Wort erwähnen.

Er trägt ein langärmliges schwarzes Kapuzenshirt, eine graue Jeans mit roten Nieten und seine gepflegten Sportschuhe. Die Kleidung wirkt bekannt. Er betritt den Behandlungsraum und grüßt mit einem Murmeln und einem kurzen, blicklosen Nicken. Dann bleibt er abwartend stehen. Erst als ihm ein Stuhl angeboten wird, geht er hinüber und setzt sich langsam. Seine Körperhaltung ist gebeugt, seine Arme hängen reglos herab, die Schultern sind nach vorn geneigt, der Kopf gesenkt. Seine Gesichtshaut ist blass und stumpf. Herr K. ist sorgfältig rasiert und seine Haare wirken, als würde er gerade vom Frisör kommen.

Ob er etwas trinken möchte.

„Nein, danke."

Wie es ihm heute gehe.

„Ich habe schlecht geschlafen und fühle mich nicht ganz fit. Aber sonst geht es mir wie immer." Die Stimme ist ein Spiegel seiner Müdigkeit. Sie klingt weicher und weniger tief. Wie unbewachte Mäuse wagen sich die Worte langsam und leise hervor, probieren die neue Freiheit. Insgesamt macht Herr K. mehr einen entspannten als einen erschöpften Eindruck. Er lehnt sich zurück und sieht sein Gegenüber an, ohne zu lächeln. Plötzlich fällt ihm etwas ein. Er greift in die rechte hintere Hosentasche, um einen zusammengefalteten Zettel hervorzuholen. „Meine Hausaufgabe."

Auf dem Zettel stehen handschriftliche Notizen, die vom Falz in der Mitte in zwei Gruppen geteilt werden. Konstantin K. erklärt, dass die Liste zwar nicht abgeschlossen sei, dass er aber auch keine Zeit mehr gehabt habe, sie fertigzustellen.

„In der letzten Sitzung endeten wir mit dem Verhalten Ihrer Familie. Heute würde ich gern daran anknüpfen. Wenn Sie sich von jedem Familienmitglied eine Eigenschaft wünschen dürften, welche würden das sein?"

Konstantin K. blickt zu Boden und seine Arme pendeln ein wenig hin und her. Unauffällig bleibt der Ringfinger seiner rechten Hand. „An meinem Vater gefällt mir, glaube ich, seine Ausgeglichenheit, seine Verlässlichkeit. Jeder Tag scheint für ihn gleich zu sein und das gibt einem das gute Gefühl von Sicherheit. An meiner Mutter mag ich sehr, dass sie niemals aufhört, sich um alles zu kümmern. Sie kann einfach alles und weiß immer einen Rat. Meine Frau bewundere ich für ihr Verständnis." Er zögert einen Augenblick und wechselt dann das Thema. „Mein Sohn ist neugierig und ich stelle mir vor, dass es auch Mut ist, wenn er jedem sagt, was er denkt. An meiner Tochter mag ich ihre Umsicht." Obwohl Konstantin K. seine Familie lobt, klingen die Worte traurig und teilnahmslos wie auswendig gelernte Vokabeln oder ferne Erinnerungen. Außerdem fällt auf, dass er bei der Aufzählung nach dem Alter vorgeht.

„Mir scheint, dass Ihre Familie am Tag der Konfirmation eine andere war. Auf Ihren Vater war nicht viel Verlass, Ihre Mutter kümmerte sich kaum um Sie, Ihre Frau zeigte nur wenig Verständnis, Ihr Sohn war nicht neugierig und Ihre Tochter nicht umsichtig. Wie passt das zusammen?"

Konstantin K. blickt auf seine Knie. Die Arme stellen ihr leichtes Schwingen ein, aber die Stimme bleibt ruhig und weich. „Nachdem ich damals nackt und blutend auf die Kinder losgegangen war und dann vor allen Leuten im Flur lag, war ich eine Schande für meine Familie, eine Enttäuschung, eine enorme Zumutung. Ich hatte mich und damit auch sie bloßgestellt und tief beschämt. Wie sollten sie also anders reagieren? Ihre Demütigung war mit Händen zu greifen. Ich denke, ich habe ihnen gar keine Wahl gelassen."

Ob er damit meine, er selbst habe durch sein Verhalten die Familie gezwungen zu handeln, wie sie es unter anderen Umständen nicht getan hätte.

Konstantin K. nickt und sein Ringfinger konterkariert die Bewegung. „Ja. Als ich dort lag, hatte ich sogar das starke Gefühl, ich müsse etwas tun, um ihnen die peinliche Situation zu erleichtern."

Ob er sage, er habe in diesem Augenblick weniger daran gedacht, wie es ihm, als mehr, wie es seiner Familie gehe.

„Ja", bestätigt Konstantin K. „Ich musste etwas unternehmen. Weiter dort zu liegen und begafft zu werden, vergrößerte nur ihre Schande. Also setzte ich mich auf. Ich griff nach einer Jogginghose, die in der Nähe lag und zog sie an. Dann raffte ich andere Kleidungsstücke zusammen, T-Shirts, Pyjamahosen, Schals und begann, sie zusammenzuknoten. Das dauerte eine Weile, aber schließlich hatte ich ein Seil von etwa zwei Metern Länge fertig. Das nahm ich und ging wieder ins Schlafzimmer."

Was die anderen Personen währenddessen getan hätten.

„Das weiß ich nicht. Ich habe nicht darauf geachtet." Seine Stimme klingt ehrlich überrascht. „Vielleicht waren sie in einem anderen Raum, vielleicht auch gleich neben mir und ich habe sie nicht bemerkt. Ich glaube jedenfalls, dass niemand mit mir sprach, aber ich war auch sehr konzentriert auf das, was ich tat."

Was genau er getan habe.

„Im Schlafzimmer bin ich auf einen Stuhl gestiegen und habe das Seil aus Kleidungsstücken an den Lampenhaken gehängt. Dann habe ich eine Schlaufe geknotet und meinen Kopf hindurchgesteckt. Zuletzt habe ich mich vom Stuhl fallen lassen." Konstantin K. redet mit gesenktem Blick, als würde er aus einem Buch vorlesen, das in seinem Schoß läge. Seine Arme sind zwei straff gespannte Seile kurz vor dem Zerreißen.

Was er habe erreichen wollen.

„Ich wollte sterben und so die Demütigung meiner Familie beenden." Plötzlich bricht Konstantin K. in Tränen aus. Er hebt seine Hände vors Gesicht, schluchzt, hustet und stöhnt unter Schmerzen. Vielleicht hat er damals gehofft, dass man die sogenannte Demütigung durch einen Selbstmord vergessen würde. Und möglicherweise wird ihm jetzt klar, dass er für seine Familie dann bloß ein Schmutzfleck gewesen wäre, von dem man nach der Reinigung nicht mehr sagen kann, wo er sich vorher befunden hat. Nach einigen Minuten benutzt Konstantin K. die angebotenen Taschentücher und wird ruhiger. Aber seine Schultern bleiben tief gebeugt, als wären auch sie missbrauchte Lampenhaken. Dann flüstert er: „Es hat nicht geklappt. Der Haken saß nicht fest genug und rutschte aus der Decke. Ich fiel zu Boden, schlug auf den umgeworfenen Stuhl und bekam die Lampe auf den Kopf." Jetzt klingen die Worte gedehnt. Fast jede Silbe endet in einer Pause und Konstantin K. redet erneut so leise, dass er kaum zu verstehen ist. „Nicht einmal das habe ich geschafft!" Er stößt es voller Hass hervor und spuckt es zu Boden. „Am merkwürdigsten ist, dass in dem Moment alles still war. Als wäre nichts geschehen und alles nur Einbildung. Die Stille war wie ein Gleichnis für die Sinnlosigkeit meines Tuns. Als hätte ich ganz umsonst gekämpft. Und genau das sagte schließlich jemand mitten in die Stille hinein."

Wie er das meine.

„Als ich im Schlafzimmer lag und mir der Stille bewusst wurde, hörte ich meine Mutter. Ich erkannte ihre Stimme genau. Sie schien mit jemandem zu sprechen, woraus ich schlussfolgere, dass wir nicht allein waren. Möglicherweise schwiegen die anderen aus Entsetzen."

Was seine Mutter gesagt habe.

„Sie sagte, wenn ich es nicht richtig mache, dann heiße das, ich wolle gar nicht wirklich sterben."

Wie er sich dabei gefühlt habe.

Herr K. sieht vom Boden zum Fenster und wieder zurück. Dabei bewegt er seine Lippen, als würde er die folgenden Wörter üben. Dann erklärt er: „Eine Mutter sollte ihr Kind lieben und nicht mit einem einzigen Satz sein ganzes Leben vom Tisch wischen." Er weint wieder und seine Stimme zittert wie seine rechte Hand. Auch seine Arme pendeln zwischen den widerstreitenden Gefühlen hin und her. Trotzdem sind seine Worte schwach und ohne Zorn.

Ob er auch jetzt glaube, dass seine Familie richtig reagiert habe.

„Ja." Es klingt hilflos und trotzig, nicht erklärend. „Wahrscheinlich wollte mir meine Mutter eine zweite Chance ermöglichen, mein Versagen irgendwie kaschieren, damit ich es noch einmal versuchen konnte."

Ob er seinen Selbstmordversuch etwa wiederholt habe.

„Ich fühlte, dass alle von mir erwarteten, aufzustehen und es noch einmal richtig zu machen. Aber dann konnte ich mich plötzlich nicht mehr bewegen. Meine Arme waren mit einem Mal verschwunden. Ich spürte sie nicht mehr und konnte mich nicht auf sie stützen. Die Hand, die vor meinem Gesicht lag, blieb reglos, obwohl ich ihr immer wieder den Befehl gab, sich zu bewegen. Ich fühlte nicht einmal mehr den Boden, auf dem sie lag, während ich ihn beispielsweise unter meiner Wange sehr deutlich wahrnahm."

Konstantin K. schweigt, die rechte Hand erstarrt. Sein Kopf ist gesenkt und sein hilfloser Blick auf einen toten Punkt gerichtet. Nach langen Minuten sieht er mit rot verweinten Augen auf und erklärt: „Sie haben recht gehabt: Das Problem mit meinen Armen hat doch mit dieser dummen Geschichte zu tun."

Welchen Zusammenhang er sehe.

Er antwortet langsam und für sich: „Wegen meiner Arme lebe ich noch. Ihre Empfindungslosigkeit hat mich die ganze Zeit geschützt." Die Worte klingen nicht überrascht, eher wie ein Eingeständnis, als hätte er es längst gewusst, aber nicht wahrhaben wollen. Jetzt kann er einen anderen Blick gewinnen und die Geschehnisse neu bewerten. Sein Oberkörper ist zwar noch immer vorgebeugt und sein Blick auf den Boden gerichtet, aber an seinen Schultern ziehen die reglosen Arme nun mit lebensrettender Kraft.

„Ich würde gern auf Ihre Liste und die Veränderungen zurückkommen, die sich aus den geschilderten Ereignissen ergeben haben. Leider kann ich auf dem Blatt nicht erkennen, ob es sich um eine fortlaufende oder um eine zweigeteilte Liste handelt."

Konstantin K. reinigt sein Gesicht mit einem Taschentuch und entgegnet, dass sie zweigeteilt sei.

Ob es sich dabei um positive und negative Veränderungen handle.

„Nur in einem allgemeinen Sinn. Nachdem ich mich mit den Veränderungen beschäftigt hatte, habe ich festgestellt, dass sie zu vielschichtig sind, um der einen oder anderen Gruppe ohne Bedenken zugeordnet werden zu können. In einem erheblichen Maß kommt es dabei auf die Formulierung an, denn schon eine kleine Bedeutungsverschiebung bewirkt, dass ein Punkt seine Gruppe wechseln muss. Kurz gesagt ist es so, dass die Veränderungen sowohl positive als auch negative Elemente enthalten und dass die Formulierungen das Ergebnis einer Abwägung sind, welche Elemente dominieren." Konstantin K. spricht ruhig und leise wie zu einem Klienten, den er durch den Dschungel des Steuerrechts führt. Sein Ringfinger wippt nicht und sein Oberkörper ist leicht aufgerichtet.

„Sie schreiben, dass Sie zurzeit keine Möglichkeit besitzen, zum Erhalt Ihrer Familie beizutragen. Ist das eine positive oder eine negative Veränderung?"

„Das ist eine negative Veränderung und ein Beispiel für das, was ich eben sagen wollte. Es besteht nach meiner Ansicht ein Unterschied, ob man eine Möglichkeit hat, wie jeder

Körper einen Mittelpunkt oder eine Oberfläche hat, oder ob man eine Möglichkeit besitzt. Mit dem Verb besitzen, will ich zeigen, dass ich mich nicht mehr als Herrn meiner Möglichkeiten sehen kann. Denn verloren habe ich nicht die Möglichkeiten, sondern die Herrschaft über sie. Außerdem möchte ich betonen, dass mit Erhalt nicht bloß der finanzielle Aspekt gemeint ist. Ich sorge mich vielmehr um das gesamte Fortbestehen der Familie."

Ob er damit meine, dass seine Familie an dem Geschehenen zerbrechen könne.

Herr K. nickt.

„Dann schreiben Sie, dass Ihre Frau ihren Ehemann, die Kinder ihren Vater und die Eltern ihren Sohn verloren haben. Wie meinen Sie das?"

Konstantin K. lehnt sich zurück, die Arme bewegen sich nicht. „Dieser Punkt hat mir Schwierigkeiten gemacht, denn ich habe keinen besseren Ausdruck dafür gefunden, dass für meine Frau, für meine Kinder, meine Eltern und meine Geschwister eine Person gestorben ist, die sie zeitlebens für mich gehalten haben. Ich wollte aber nicht bloß ausdrücken, dass ihre Vorstellungen von mir gestorben sind, sondern dass sie wirklich ein Gegenüber, eine Person, mit der sie ihre Gedanken, Wünsche und Gefühle verbinden konnten, verloren haben, eben irgendwie tatsächlich den Verlust eines Menschen an den Tod."

Ob er seine Familie als eine Gruppe von Trauernden sehe.

Konstantin K. nickt wieder. „Das ist ein gutes Bild. Aber sie trauern nicht um mich, wie ich bin, sondern um den, der ich für sie war und jetzt nicht mehr bin. Ich selbst stehe abseits als der, der ihren Konstantin sozusagen auf dem Gewissen hat." Es klingt nicht zynisch und passt zu der früher geäußerten Auffassung, seine Familie sehe in ihm einen Schuldigen.

„Ich möchte einen weiteren Punkt aus dieser Seite der Liste herausgreifen. Sie schreiben, dass Sie sich nicht entschuldigen können." Herr K. hebt den Kopf, sein Ringfinger verrät keine Unsicherheit. „Wofür, glauben Sie, sollten Sie sich entschuldigen müssen?"

Er senkt den Kopf, um nachzudenken. Dann brummt er, nickt und erklärt ruhig: „Für Menschen wie mich gibt es immer Gründe, sich zu entschuldigen. Aber ich denke vor allem daran, dass ich damals die Selbstkontrolle verloren habe. Ich hätte mit dem Durcheinander rechnen müssen und ich hätte mich darauf vorbereiten und Lösungen zurechtlegen sollen. Ich war bei Weitem zu kurzsichtig." Konstantin K. hält einen Augenblick inne und sieht zum Fenster. „Alles, was danach geschehen ist, hat seine Ursache in diesem ersten Fehler."

In der letzten Sitzung habe er aber festgestellt, dass die Selbstkontrolle sinnlos geworden sei.

„Heute ja. Damals ist sie es noch nicht gewesen."

Warum er sich dafür nicht entschuldigen könne.

„Der Ehemann, der Vater, der Sohn, der Bruder, alle sind tot und Tote können sich nicht entschuldigen. In den Augen meiner Familie bin ich, so wie ich jetzt vor Ihnen sitze, ein Fremder. Ich bin nicht mehr der, der die Selbstkontrolle

verloren hat, sondern der, der übriggeblieben ist." Herr K.
sitzt ruhig und verschlossen wie auf einer Anklagebank.

Er habe aber gerade gesagt, er hätte den anderen Konstantin K. auf dem Gewissen.

„Einen Konstantin, den es nie wirklich gegeben hat. Gemeinsam haben wir ihn erschaffen, wie ein Märchen, wie
eine Geschichte. Und die Geschichte ist jetzt zu Ende."
Konstantin K. sieht auf. „Alles, was ich meiner Familie heute sage, ist für sie so unverständlich wie eine andere Sprache."

Ob es seit der Konfirmation Veränderungen gebe, die nicht
in Beziehung zu anderen stehen, sondern nur ihn allein be-
treffen?

Konstantin K. sieht erneut zu Boden. „Ich habe mich schon
immer einsam gefühlt und niemals wirklich etwas mit anderen geteilt. Weil mich niemand je als den gesehen hat, der
ich bin. Das lag und liegt daran, dass ich mich kontrolliere
und nicht zulasse, dass man mich erkennt. Es hat aber auch
damit zu tun, dass wir alle in anderen Menschen bloß unsere eigenen Vorstellungen erkennen wollen und gar nicht die
Fähigkeit besitzen, einen anderen wirklich zu verstehen."
Konstantin K. lehnt gleichgültig an seinem Stuhl, während
er den leeren Spuren mit den Augen folgt. Selbst die Tatsache, dass niemand ihn hörte oder ihm half, erklärt er zu seiner eigenen Schuld. „Wir sind Fremde unter Fremden. Die
Selbstkontrolle macht es einfacher, dass die anderen an
ihren Vorstellungen festhalten können. Aber selbst ihr Verlust verändert nicht die Distanz, die zwischen uns allen

herrscht." Er blickt auf. „Insofern geht es mir heute nicht anders als früher."

„Dann würde ich gern über die positiven Veränderungen auf Ihrer Liste sprechen. Sie schreiben, dass Sie seit dem Zusammenbruch gezwungen sind, über sich nachzudenken."

„Ja, das empfinde ich wirklich als Zwang." Seine Arme könnten nicht gebunden, sondern die Fesseln selbst sein. „Es lastet wie eine schwere Arbeit auf mir, dass ich mich mit mir selbst und diesen schrecklichen Ereignissen immer wieder auseinandersetzen muss. Es fühlt sich schlimmer an als jede andere Arbeit, die ich je erledigen musste."

Warum die Veränderung dann auf die positive Seite gehöre.

„Solange ich zu Ihnen komme, glaubt meine Familie, dass ich krank bin, und das hilft ihr, die Situation zu ertragen."

Ob er sich selbst auch als erkrankt sehe.

Konstantin K. überlegt und der Ringfinger seiner rechten Hand zuckt auf. „Ich sehe mich als mangelhaft. Mein ganzes Leben lang trage ich eine Art Defekt mit mir herum, wie andere vielleicht einen Augenfehler oder einen Haltungsschaden haben."

Wie er seinen Defekt beschreiben würde.

Der Finger zittert stärker, aber seine Stimme klingt weiterhin ruhig. „Bislang habe ich angenommen, mein Defekt wäre die Unfähigkeit, mich in der richtigen Weise zu kontrollieren. Denn ich habe meine Bemühungen immer mit denen der anderen verglichen und gemerkt, dass ihnen alles so viel leichter fällt. Jetzt habe ich verstanden, dass sie sich gar nicht besser kontrollieren, sondern nur weniger Kraft aufwenden müssen, weil sie sich um den Widerspruch zwischen dem, der sie sind, und dem, als der sie gesehen werden, kaum kümmern. Mein Defekt muss darin bestehen, dass ich mehr als andere unter meinem Anderssein leide."

Ob er eine Vermutung habe, warum er mehr als andere darunter leide.

Konstantin K. presst die Lippen aufeinander, seine rechte Hand schaukelt, als könnte sie so die Gedanken vorantreiben. Dann beugt er sich leicht nach vorn und antwortet, dass er es nicht wisse.

„Sie schreiben auch, dass Sie seit dem Zusammenbruch langsamer leben. Wie meinen Sie das?"

„Bevor ich sie verloren habe, war ich die meiste Zeit mit Selbstkontrolle beschäftigt und habe den Großteil meiner Kraft auf sie verwendet. Wie ein Ochse im Joch war ich pausenlos damit beschäftigt, das Rad zu drehen. Jetzt ist mir das Joch genommen worden und ich habe Zeit gewonnen." Herr K. lehnt sich zurück und schweigt. Seine Hand beruhigt sich etwas.

„Haben Sie noch eine Frage?"

Konstantin K. sieht zum Fenster, dann stellt er die Frage, ob er wieder gesund werden könne.

„Ich würde auf jeden Fall weitere Sitzungen befürworten, denn ich glaube, dass Sie einige Schwierigkeiten bewältigen können, wenn Sie es möchten. Wenn Sie einverstanden sind, werde ich einen entsprechenden Antrag bei der Krankenkasse stellen und mit Ihnen weitere Termine vereinbaren."

Konstantin K. nickt langsam. „Werde ich irgendwann meine Arme wieder spüren?"

„Ich kann Sie nicht heilen, aber ja, ich kann Ihnen helfen, einen Weg zu finden, damit Sie Ihre Arme wieder fühlen. – Haben Sie noch ein weiteres Anliegen, das Sie gern klären würden?"

Zuerst verneint Herr K. brummend, dann schaut er auf, als wäre ihm doch etwas eingefallen. Seine hellblauen, dunkel umrandeten Augen zeigen plötzlich Verwirrung und Hilflosigkeit wie vor etwas noch nie Gesehenem. Dann schließen sich seine Hände von ihm unbemerkt um den Rand der Sitzfläche, als müssten sie den Körper daran festhalten, damit er von der Übergewalt nicht mitgerissen würde. Er flüstert: „Mir fällt gerade ein, dass meine Mutter noch mehr gesagt hat, als ich damals am Boden lag und meine Arme nicht mehr spürte." Herr K. spricht schnell, als würde es dem Meer doch gelingen können, das Land zu überfluten. Und nach jedem Satz atmet er wie ein Staffelläufer, der einen Stab übergeben hat. Bevor er zum nächsten Läufer der Stafette wird und einen weiteren Satz hinunterrennt. „Sie sagte nicht nur, wenn er's nicht richtig macht, heißt das, er will gar nicht sterben, sondern auch, dass ich alle zutiefst verletzen würde, wenn ich mir das Leben nähme. Das heißt, sie dachte gar nicht an meinen Selbstmord, als sie sagte, ich meinte es nicht ernst, sondern sie dachte an diese Verletzung. Und wenn ich nicht gestorben bin, dann habe ich auch niemanden so schwer verletzt! Ja, sie wollte überhaupt nicht, dass ich sterbe, sondern sie hat mich entschuldigt, sie hat mich verteidigt, sie … sie hat mich geschützt." Konstantin K. starrt zu Boden, Tränen stehen in seinen Augen. Er atmet tief und zitternd und seine Schultern beben. Plötzlich lässt er den Stuhl los und hebt seine Hände vor sich, als sähe er sie zum ersten Mal. Dann blickt er lange in seine leeren Handflächen. Und beginnt, eine neue Geschichte darin zu lesen.

Als ihm später die Tür zum Wartezimmer geöffnet wird, erhebt sich Konstantin K., grüßt wie jemand, den ein Zug vorbei trägt. Ein Gedankenzug, der noch weit zu fahren hat.

LÖWENWEISHEIT

Dostojewski, sagt man, besaß ein immenses Selbstbewusstsein. Hört, hört! Einmal soll er sogar einen stolzen Löwen durch nichts als bloßes Anstarren dazu gebracht haben, in solche Wut und Raserei zu verfallen, dass – so beginnt die Geschichte. Weil aber Geschichten, anders als die krude Wirklichkeit, nur gehört und niemals gesehen werden, bleibt jeder Zuhörer bei seiner eigenen Vorstellung von einem in Raserei brüllenden Löwen und man kann das wahre Ende der Geschichte übergehen, solange er nämlich nicht auch einen wütenden Löwen von Angesicht zu Angesicht gesehen hat.

Sieh, sieh! Erst der Blick rahmt die Zeit, hält sie fest, formt sie, macht sie erfahrbar. Das bloße Hören führt zur Unterhaltung, das Sehen aber zur Interpretation, zur Einsicht. Durch den Blick bekommt die Zeit ein bestimmtes Gewicht, eine feste Geltung. Ohne ihn gäbe es keine Geschichten und verlöre das Hören seinen vornehmsten Inhalt. Denn was könnten wir noch erzählen, wenn Dostojewski die Augen geschlossen hätte? Nichts. Wir dürften nicht einmal mit gleicher Überzeugung sagen, Dostojewskis Selbstbewusstsein wäre immens gewesen.

Darum ist, was ich vorstellen will, keine Geschichte, sondern ein Bild. Ein Bild vor der Geschichte. Ein Bild, das ich sehe. Zuerst erscheint der alte Mann. Ist groß und geht gebeugt, als suchte er. Zu seiner Kleidung gehören ein hellblaues, am Kragen, auf dem Rücken und unter den Armen dunkleres Hemd, das er hochgekrempelt trägt, eine ausgebeulte Hose, ebenfalls hochgekrempelt, und solides, festes

Schuhwerk. Ein Hintergrund ist noch nicht vorhanden. Wir wissen deshalb nicht, was das Gesuchte sein könnte. Dann plötzlich bleibt er stehen, als hätte er's gefunden. Steht und schaut. Wir schauen mit ihm durch seine Augen und sehen: rote Erde. Ein paar vertrocknete, sehr gelbe Gräser, aber vor allem rote Erde. Wir stellen unseren Blick ein bisschen schärfer und fokussieren Zentimeter für Zentimeter dieser roten Farbe mit den sehr gelben und unregelmäßigen Linien darin. Wir suchen, was der alte Mann schon gefunden hat. Solange er uns eben Zeit lässt, solange er seinen Kopf nicht hebt. Doch er hebt ihn bald und das helle Sonnenlicht schneidet in unsere scharf gestellten Augen. Sie beginnen zu tränen, und für eine Weile sehen wir nichts als weiße pulsierende Punkte.

Doch halten wir uns nicht bei Missgeschicken auf, sondern nutzen die Gelegenheit, um ein erstes Mal das Bild zu deuten. Wir erkennen, dass der Glaube, der Alte habe etwas verloren, beziehungsweise gefunden, auf einem Irrtum beruht. Nämlich dem, dass nur ein Suchender gebeugt geht. Dann verschaffen wir der wahrscheinlicheren Ansicht Raum, dass sich der alte Mann in Gedanken befindet. Davon im Innersten erhellt, wird auch unser Blick wieder klarer und wir erkennen einen Hintergrund. Wir sehen etwa ein Dutzend wellige, an einigen Stellen auch schroff gezackte Lehmhügel, die uns bald an kreisrunde Mauern erinnern. Sie türmen sich in einiger Entfernung auf der roten Erde mit den sehr gelben, kurzen und langen Gräsern. Hinter den Gebilden erscheinen Akaziengruppen, die auf den ersten Blick nicht aus mehr als höchstens drei Bäumen bestehen. Über der Szene schwebt ein wolkenloser, purpurfarbener Himmel. Also ist es schon spät, denken wir gleichzeitig.

Vielleicht drehen sich die Gedanken des alten Mannes auch um Tageszeit und Nachtlager, denn er beginnt damit, sein Gepäck auf die Erde zu setzen. Es besteht aus einem Schlafsack, natürlich. Der ist alt und schmutzig. Ein dunkelbrauner Ledergürtel hält ihn zusammen. Und sieht aus wie von einem Jungen. Außerdem gibt es zwei Blechtöpfe, die hängen ebenfalls daran. Ein Rucksack, der verschlossen bleibt. Dann ein Gewehr und ein schwarzer Mantel. Das Gewehr nennst du eine Springfield, weil du gelesen hast, dass man mit einer Springfield Großwild erlegen kann. Und so fühlst du dich sicherer. Der Mantel aber irritiert. Denn er passt nicht hierher. Er wirkt polnisch, vielleicht russisch mit seinem hohen Kragen und den spitzen Aufschlägen. Jedenfalls erinnert er an ein kaltes Land. Aber auf dem Bild ist alles ganz warm: das trockene Gras, der rote Lehm, der wolkenlose Himmel. Selbst noch die staubigen Kleider. Und der anfängliche Schluss wird gehässig, denn es scheint, als habe sich der alte Mann verlaufen. Und wo mag er jetzt sein?

Er geht und lässt uns allein mit dem Mantel und der Frage. Muss Brennholz holen. Ich sage, ich kenne weite Steppen nur aus kirgisischen oder kasachischen Geschichten. Aber du hältst die Lehmmauern für die Überreste einer Siedlung und weißt außerdem, dass Kirgisen früher in Zelten wohnten. Schließlich sagst du, dass es sich bei den Bäumen im

Hintergrund wahrscheinlich um Schirmakazien handelt, die man nur in Afrika finden kann. Afrika, geht es durch meinen Kopf und das Bild fängt an, mich zu freuen. Afrika, denkst auch du. Aber anders. Als Omen. Du schielst nach der Springfield, aber die hat der alte Mann mitgenommen.

Als er wiedererscheint, zieht er einen weißen, knochigen Ast hinter sich her. Der ist ganz und gar verbogen und das sieht aus, als ob der alte Mann ein störrisches Kind an der Hand hält. Manchmal bleibt es hängen. Dann dreht es sich und der Alte tritt danach. „Du siehst zuviel", ermahne ich dich. Über der dunklen Furche, die der Ast auf dem Boden hinterlässt, kräuselt sich der Staub. „Sieht es nicht aus wie ein Knie oder Ellbogen, den man über die Erde schleift?", fragst du. Doch statt zu antworten, sehe ich betreten zu, wie der alte Mann Knie und Ellbogen zu kurzen Scheiten bricht. Neben einem der Lehmhügel schichtet er sie pyramidenförmig aneinander. Dann holt er seine Sachen heran und öffnet den Rucksack. Nur soweit, dass er mit der Hand hineinfahren kann. Denn kein Blick soll uns vergönnt sein, einzig die Umrisse der suchenden Finger unter dem armeegrünen Stoff. Zur Faust geworden werden sie wieder herausgezogen und was sie dann preisgeben, ist ein kleines, silbernes Feuerzeug, auf das ein Wappen mit der Aufschrift In hoc signo vinces eingraviert ist. Der alte Mann verknotet die Bänder des Rucksacks, stellt ihn beiseite, hockt sich vor Knie und Ellbogen. Und zündet sie an.

Ich sehe, wie die Flamme aus dem kleinen, silbernen Feuerzeug einen dünnen Zweig ergreift, den der alte Mann plötzlich statt der Springfield in der linken Hand hält. Das Feuer schwärzt den Zweig und löst ihn langsam in Rauch auf. Dabei knistert er, als rasselte ein Schamane mit Hühnerknochen. Der Alte schiebt das Knistern unter einen Ast, dessen verblüffter Widerstand nur kurz andauert. Dann wärmt auch er. Noch eine Weile schauen wir zu, wie sich das Feuer von Ast zu Ast, von Scheit zu Scheit vorwärtstastet. Der aufkommende Wind lässt die Flamme schon bald wie eine Peitsche hin- und her- und niederfahren. Dann sind wir wieder bei uns.

„Da fährt sie hin deine Angst", sage ich aufmunternd und versuche gleichzeitig, dem alten Mann zu telepathieren, dass Kaffee das leckerste Getränk der Welt sei. Und wirklich: Er nimmt einen der Blechtöpfe und lässt uns erneut allein. Diesmal schon mit brennender Erinnerung. „Sie ist nicht unbegründet", antwortest du, „weil keiner weiß, wie das Bild aussieht, wenn es fertig ist." Und ich sehe, was du meinst. Der alte Mann bringt Wasser – es gibt also eine Quelle – und erhitzt es über dem Feuer. Es riecht nach nichts, was er da aus seinem Rucksack zieht. Es wird auch nach nichts schmecken, ist vielleicht nur Tee.

Auf dem Bild erkenne ich einen alten Mann im Profil und Schneidersitz vor einem Pyramidenfeuer. Etwas blitzt silbern in seinen Händen. Der Himmel dehnt sich violett und die Flammen schlagen kreuz und quer die einbrechende Kälte zurück. Kaum noch zu erkennen sind Bäume im Hintergrund. Rot und gelb und grün und violett, das alles vermischt sich langsam zu schwarz. Nur das schläfrige Gesicht des Alten überdeckt kein Schatten mehr. Er sieht zufrieden aus. Wie jemand, der angekommen ist.

Seine Gesichtszüge sind überraschend fein. Irgendwo habe ich schon einmal solche Gesichter gesehen. War es in Griechenland? Der Bogen seiner Braue wölbt sich nur wenig über dem hauchdünnen Lid des halbgeschlossenen Auges. Die Iris scheint braun, doch kann das ebensogut eine Täuschung der Nacht sein. Die Nase des Mannes besitzt den Anflug eines Höckers, der ihren perfekten Bogen erst möglich macht, weil der Anstrich dadurch ein klein wenig senkrechter ist. Auch die Lippen sind äußerst fein gezogen, fast nur angedeutet. Eine wahre Kunst, wenn man bedenkt, dass sie trotz allem auf einen großen Mund hindeuten. Das Kinn ist energisch, die Wangen ein bisschen leidend, das Ohr erneut zart wie Pergament. Oder war es in Italien gewesen?

In Frankreich habe ich einmal ein Bild von Afrika gesehen. Es zeigt eine schlafende Zigeunerin und neben ihr einen Löwen, der so unbeteiligt aussieht wie ein Stofftier. Weil ihm das Entscheidende fehlt: Er kann die Frau nicht wittern, weil sie nur von ihm träumt. Mir war, als ob sich der Löwe dafür, dass er nichts riecht, rächt, indem er gerade so harmlos dreinschaut. Die Fremdheit des Traumes überkommt mich wieder, wenn ich das Bild des alten Mannes betrachte.

Doch sieh! Fremdheit entsteht nicht da, wo ich den Blick auf etwas von mir Verschiedenes richte, sondern dort, wo ich es seinem Wesen nach nicht erkennen, nicht erspüren kann. Vielleicht, weil ich noch nicht genug gesehen habe. Denn die Augen sind es, die von der Fremdheit zur Vertrautheit führen. Wie sie auch die Ferne in Nähe verwandeln, die Dunkelheit in Licht. Sie sind es, ohne die es kein Gegenüber, kein Alter Ego gibt. Und so ist ein Bild nicht genug.

Ich stelle darum ein zweites Bild vor. Es beginnt mit einem Stein. Er ist sehr groß und grau und scharfkantig. Seit unserer Kindheit nehmen wir die Steine in die Hand. Tragen sie mit uns herum und werfen sie an einem anderen Ort wieder weg. Aber mit diesem Stein ist nichts anzufangen. Niemand kann ihn aufheben. Seine Masse widersetzt sich uns. Seine Größe okkupiert den Raum. Wir wissen nicht, warum er dort liegt. Ja, selbst die Vögel haben bloß ihren Unrat auf ihm hinterlassen. Und Skorpionsfliegen inspizieren ihn träge. „Wenn sie den Stein der Weisen hätten, der Weise mangelte dem Stein", zitierst du kryptisch von irgendwoher. Die Erde ist schattig und kalt unter dem Stein und in seiner Nähe. Sie ist auch nicht rot, sondern ocker. Die Gräser sehen deshalb braun aus. Zwischen ihnen verläuft eine Spur. Wir erkennen deutlich die Abdrücke von festen Schuhen. Sie verschwinden hinter dem alles verdeckenden, störenden Stein, und es ist deshalb nicht auszumachen, ob der, der hier lief, noch im Bild – und zwar hinter dem Stein – oder schon daraus verschwunden ist. Aber immerhin können wir jetzt sagen, dass der Stein diese Frage aufwirft. Und somit doch einen Sinn macht. Einen doppelten sogar.

Neben einem der Abdrücke stehen vier schwarze Füße. Sie

sind zierlich wie Frauenfüße. Der Staub hat sich in ihren unzähligen kleinen Poren verfangen, sodass sie grau, fast überpudert wirken. Die Nägel sind pechschwarz, an den Rändern mattgelb, eckig und eingerissen. Sie starren erschrocken in Richtung der Spur. Uns ist bewusst, dass die Distanz zwischen den nackten Beinen und der zehenlosen Spur größer ist als die Zentimeter, die sie trennen. Über den Füßen schweben die Köpfe. Kurze, gekräuselte Haare. Die Gesichter werden von Händen bedeckt, die ebenfalls wie überpudert aussehen. Manchmal heben sie sich, um jemandem durch die Luft zu winken, oder die Fliegen zu verjagen. Dann sind geschürzte, zitternde Lippen sichtbar, weiße Zähne, rosafarbenes Zahnfleisch. Die Augen sehen nicht auf. Sie sehen nicht einmal zu den Abdrücken hin. Starren nur auf die eigenen nackten Füße. Vielleicht können sie den Unterschied nicht verstehen. Vielleicht ihn nicht ertragen? Aber diesmal weiß ich es besser: Sie fürchten sich vor der Spur. Die Spur ist ihnen so gefährlich wie dir dein Omen.

Dann erkenne ich am Boden hinter dem sehr großen und grauen Stein einen zweiten Schatten, der vorher nicht da war. Etwas Unsichtbares blitzt kurz auf. In Gedanken. Dieser Schatten wird Schuhe tragen. Er kommt aus dem Stein, ist groß und grau wie der. Und für einen Moment bändigt der Mythos die Gefahr. Nicht aber für die nackten Füße und die Köpfe darüber, die meinen Mythos nie gesehen haben. Als nächstes spuckt der Stein ein hellblaues Hemd und eine hochgekrempelte Jeans aus. Dann verliert er sein Gewicht, schrumpft und wird taktvoll zum Hintergrund. Über den Sachen grient das beschämte Gesicht des alten Mannes. Der fühlt sich ertappt wie ein kleines Kind und begreift nicht, dass er den Frauen Angst macht. Erst jetzt fällt uns sein schlohweißes Haar auf. Und wie groß er ist! Hinter seinem Rücken schlagen die Blechnäpfe glockenhaft aneinander. Seit seinem Erscheinen gehen die Frauen immer wieder in die Hocke, berühren die ockerfarbene Erde mit den Handflächen. Verneigen sie sich? Wahrscheinlich halten sie ihn für einen Engel oder so etwas. „Kagamon, kagamon", rufen sie mit weinerlicher, hoher Stimme. Und sehen ihn immer noch nicht an. „Kagamon, kagamon."

Der Zweivierteltakt erinnert dich an Beschwörungsrituale, die du schon irgendwo in einem Sioux-Reservat gehört hast. Du ahnst, dass auch die Frauen keinen weißen Gott akzeptieren werden. Und noch ehe die Steinklingen der Männer das Weinen ihrer Ehefrauen rächen können, bist du in den Augen des alten Mannes. Denn sein Begreifen ist nicht so groß wie das deine. Und dein Erstaunen geringer als das seine. Du siehst zwei Frauen vor dir. Die eine etwas kräftiger als die andere. Sie bedecken ihre Augen, nicht aber ihre Brüste. Die sind fest und haben einen großen Vorhof. Ihre Form könnte gut in die Hand des alten Mannes passen. Da sehe ich, wie er ganz langsam zu laufen beginnt. Ein Fuß folgt auf den nächsten, zieht die wunderbare Spur mit sich fort. Hinüber und schnell aus dem Bild. Noch bevor er verschwunden ist, komme ich dir zu Hilfe und blicke erst mit der einen, dann mit der anderen Frau auf ihre staubigen

Füße hinunter: „Staubige Füße, staubige Füße, gingen weit fort von Zuhaus." Murmelnd beruhige ich sie. In ihren Gedanken verwische ich die Spur des Alten. Die unnatürliche Form seiner Füße macht es mir leicht. Alles war nur ein böser Traum. Von einem ochsenbeinigen Wesen, unter dessen Haut kein Blut fließt. Dessen Knochen klappern. Das friert. Sie werden erzählen, dem langhalsigen Tiergott begegnet zu sein. Und man wird sie dafür gewiss als Heilige verehren. Du aber bringst den alten Mann nach Haus, nach Kagamon.

Als du wieder bei mir bist, weißt du, eine Geschichte zum Besten zu geben. Ein Mann, sagst du, lief eilig durch die Wüste. Ein katholischer Priester soll es gewesen sein, im ganzen Ornat und nicht zu vergessen: mit einem Regenschirm unter dem Arm. Ich denke an Pater Brown und lächle. Ein Eingeborener folgte ihm. Und noch einer. Und noch einer. Denn sie wollten wissen, wohin dieses seltsame Wesen lief. Der aber hatte kaum einen Blick für seine Umgebung und hielt sich für muttermarienallein. Plötzlich geriet die Prozession ins Stocken, denn keine zwanzig Meter vor Pater Brown stand ein Löwe, sehr groß und grau und scharfkantig. Er fletschte die lüsternen Zähne, um den Priester ein wenig mit Adrenalin zu würzen. Da zog dieser behend seinen schwarzen Schirm hervor, als wäre er ein Kruzifix und der Löwe Luzifer in Person. Er richtete ihn verweisend auf den Gierigen, und auf die kleine Bewegung seines Daumens hin, sprang der Schirm knallend auf:

plopp. Der Löwe war dahinter verschwunden. Und als der Priester seinen Schirm in aller Seelenruhe wieder schloss, lag das Untier tot vor ihm. „Seitdem schließen die Angehörigen jenes Stammes, aus dem die drei neugierigen Jünger kamen, die Augen vor einer Gefahr in dem festen Glauben, sie so zu bannen", endest du ein bisschen naseweis. Wir lachen dennoch und fühlen uns erleichtert, erfrischt.

Ich frage dich, was Kagamon heißt, und du versprichst mir nachzuschauen, sobald du kannst. Dann zeigst du mir das letzte Bild noch einmal, auf dem zwei junge Frauen hocken, aneinander gelehnt, als würden sie schlafen. Dass es Frauen sind, verraten ihre zierlichen Gestalten und die von den Oberarmen halb verdeckten Brüste. Ihre Hände verbergen die Gesichter. Sie hocken vor einem Stein, nicht größer als eine Faust. Die Erde auf dem Bild ist ockerfarben, das Gras darin braun. Azurn ist der Himmel. „Es sind keine Spuren mehr zu sehen", sagst du verwundert.

Schau! Das Sehen ist vom Erblicken doch sehr verschieden. Wenn ich zum Beispiel den Gruß eines Freundes bloß erblicke, ist der Freund mit Recht enttäuscht. Er wird mich zur Rede stellen, fragen, ob ich krank oder sonst was bin. Sehe ich dagegen seinen winkenden Arm, werde auch ich ihn grüßen. Das ist ein Locus communis. Inbegriffen der weniger offensichtlichen und irreversiblen Wahrheit, dass ein Sehen das Erblicken enthält. Viel seltener wird die Frage aber so gestellt: Wo sind die Dinge, wenn wir sie nicht sehen? Wohin verschwindet des Löwen Leben, wenn ihn der Pater hinter den Schirm verbannt? Und gab es jemals eine

Spur, wenn die Frauen ihre Augen bedecken?

Du wendest ein, wir sollten uns vor frühen Abstraktionen hüten. Und während dein Zeigefinger ein letztes Mal das Bild fixiert, fragst du nach der Chronologie, in der dieses zum anderen stehen mag. Ich erwidere überrascht, dass ich es freilich für seinen Nachfolger halte. Kann aber dann außer der ziemlich platten Erklärung, dass uns die Bilder in dieser Reihenfolge begegnet seien, keine Begründung dafür nennen. Deine vorhersehbare Entgegnung, es handle sich dabei möglicherweise um reinen Zufall, hätte ich mir auch gleich selbst versetzen können. Allerdings bist auch du nicht im Stande, einen über diesen Einwurf hinausgehenden Grund anzugeben, warum denn das Gegenteil wahrer sein sollte. Warum also jenes zweite Bild dem ersten besser vorausginge.

„Wie man es dreht und wendet", füge ich diplomatisch an, „die Frage ist nicht zu entscheiden."

Aber du bist schon wieder einen Schritt weiter. „Vielleicht ist das auch gar nicht wichtig", sagst du, „denn egal, ob das erste dem zweiten ober das zweite dem ersten folgt, wir glauben, der alte Mann flieht nach Kagamon, weil er den beiden Frauen begegnet ist."

„Und weil wir ihn aus der drohenden Gefahr errettet haben."

„Wenn wir aber nicht mehr um die kreisrunden Lehmhügel herumkommen, stellt sich die Frage, was sie so bedeutend macht?"

„In der Tat."

Das dritte Bild offenbart zunächst einen Baum. Er befindet sich in der linken Hälfte, die er ganz einnimmt. Es handelt sich um eine Schirmakazie. Ihre Rinde glänzt in einem matten Rotbraun, ihre vielen ausladenden Äste tragen ein gelbliches bis hellgrünes Blätterdach. An den unteren Stellen sind jedoch keine Blätter mehr zu sehen. Hier ragen dünne Zweiglein ratlos in einen azurnen Himmel hinein. Die kräftige Farbe des Himmels bildet überhaupt einen sehr deutlichen Kontrast zu den übrigen Tönen und Schattierungen. Die beigefarbene Erde unterhalb des Baumes wird von einem Netz aus spröden Rissen durchzogen und wellt sich in einzelnen Schollen. Gras ist keines zu erkennen. Soweit der Blick reicht, spricht alles von einer großen Trockenheit.

An einem der kahlen Äste entdecke ich eine seltsame blasse Geschwulst gerade dort, wo er fast parallel zum Horizont verläuft. Die Geschwulst schlingt sich wie ein silberner Armreif oder eine Gürtelrose um den gesamten Ast. Auf den zweiten Blick bemerken wir, dass es sich um den Knoten eines faserigen Seiles handelt, welches von dort straff herabhängt. Ein weiterer Knoten am anderen Ende hält zwei weißliche Füße in der Luft. Sie sind beschmutzt und schwielig, als hätten sie sich lange Zeit an etwas, zum Beispiel an Schuhleder gerieben. Die Beine sind nackt, kantig und nur wenig behaart. Das Geschlecht zwischen ihnen steht Kopf. Der Bauch wirkt gerade aus dieser Perspektive hungrig und eingefallen. Die Brust über den mächtigen Rippen ist mit einem weichen, weißen Flaum übersät. Die Arme stehen gefesselt nach hinten ab. Das fein geschnittene

Gesicht endlich bestätigt unsere Vermutung, es handle sich bei diesem so grausam Gehängten um den alten Mann.

Er schließt und öffnet zustimmend die Augen. Und wir beruhigen uns wieder, hatten wir doch kurz das Ende des Bilderzyklus befürchtet. Er lebt also. Noch. Wir wagen mutig den Schritt, durch seine vor Angst matten Augen zu sehen: Alles flimmert, Schatten bewegen sich wild durcheinander, ein Chaos, das uns den leeren Magen, wenn es nur ginge, ein zweites Mal umdrehen will. Es kostet große Anstrengung, die Augen ein Stück zusammenzukneifen, aber dann treten tanzende schwarze Beine aus dem diffusen Staubwirbel hervor. Und wenn wir hinhören, dann singen die, denen sie anhängen, Lieder von Rache.

„Hast du seine Spuren denn nicht verwischt?", fragst du ehrlich erstaunt.

„Und hast du nicht gesehen, dass sie verschwunden waren?", erwidere ich dir.

Ganz unerwartet treten zwei Beine schnell zu uns her. Auf ihnen sehen wir Schweiß und grauen Staub dunkelrandig vermischt. Dann fühlen wir eine warme, raue, harte Hand am Oberschenkel und eine Kraft, die uns wild herumreißt. Fast noch im gleichen Moment einen feuerroten, scharfen Stich in beiden Waden, der die Luft aus der Lunge presst. Dann das unaufhaltsame Herabsinken dieses heißen Brennens bis zu den Backen. Ein Schmerz, als würde uns die Haut vom Leib gerissen. Der alte Mann schreit, bis er die Besinnung verliert. Und uns hinauswirft aus dem Bild.

„Was war das?"

„Schau hin", sagst du. Und ich sehe die Beine des alten Mannes von den Waden bis zu den Backen aufgeschlitzt. Viel Blut quillt daraus hervor und bildet, von seinen Schultern fallend, zwei rote Flecken auf der durstigen Erde.

„Warum?", frage ich dich.

„Ich nehme an, es ist seine Strafe."

„Aber wofür denn? Wegen der Frauen?"

„Ich weiß es nicht. – Ich glaube nicht." Dann nimmst du meine kalte Hand und sagst: „Mir ist aufgefallen, dass wir ein paar Worte aus der Sprache dieser Ureinwohner verstanden haben. Das war bei dem andern Bild nicht so, erinnerst du dich?" Ich nicke. „Und dabei haben wir doch gar nichts über diese Sprache dazugelernt."

„Aber vielleicht der alte Mann."

„Glaubst du, dass wir anfangen, mit ihm zu denken?"

„Seine Schmerzen habe ich auf jeden Fall gespürt wie meine eigenen", sage ich und reibe meine Oberschenkel.

„Das könnte auch der Schreck gewesen sein."

„Nein, nein. Das war ein Mitleiden. Kennst du die Geschichte von Buddha, in der er einmal einen hungrigen Löwen trifft und sich aus lauter Mitleid in einen Hasen verwandelt?"

„Warum nicht in einen Wasserbüffel?"

Auf dem Bild sehe ich den alten Mann bewusstlos und still an seinem Lebensfaden hin- und hertrudeln. Immer noch quillt Blut aus beiden Waden und Oberschenkeln. Aber nicht mehr viel, sodass sich an den Fließrändern eine dunkelrote Kruste gebildet hat. Die Schnitte, denke ich, sind demnach nicht lebensgefährlich tief gewesen. Er wird nicht verbluten. Vielleicht war das Ganze doch eine grausame Lektion, die er zu lernen hatte. Seine Peiniger sind allesamt verschwunden.

Vorsichtshalber wende ich meinen Blick der rechten Bildhälfte zu, die bislang unbeachtet geblieben ist. In einiger Entfernung zur Akazie erkenne ich den dicken Stamm eines Baobabs, eines Affenbrotbaums. Sein Laub ist weniger spärlich und von kräftigerer Farbe. Auf einem der wuchtigen Äste sitzt breitbeinig ein etwa zwölfjähriger Junge. Wahrscheinlich das Kind eines der Männer, die den alten Mann verstümmelt haben. Denn sein braunes Gesicht drückt weder Schmerz noch Entsetzen aus. Ja, es lächelt sogar. Seine schlanken Finger streicheln zärtlich versonnen das graue Holz. Die Zehen an den baumelnden Füßen sind verkrampft, wie man es bei Kindern manchmal beobachten kann, wenn sie intensiv an etwas denken.

Wir sehen durch seine Augen: Der Ast, auf dem er sitzt, wächst sehr hoch. Unzugänglich für Großwild oder einen Menschen, der kein Seil mitbringt. Ein kurzes Aufschauen des Jungen und wir finden ein wenig entfernt den uns bekannten Zustand des alten Mannes, nur eben aus einem anderen Winkel. Dann verengt sich unser Blick wieder auf die Fingerspitzen der kindlichen Hände und auf das, was sie berühren. Die Rinde des Baobabs ist spröde und mit harten, piksenden Pickelchen übersät. Dazwischen verlaufen feine, schwarze Risse wie langes, glattes Frauenhaar. Der Junge zeigt uns, dass man die Rinde an diesen Stellen mit dem Fingernagel aufbrechen kann. Das Holz darunter ist blass und faserig, gerade so wie es aussieht, wenn man darauf herumgekaut hat. Dir fällt dieser Vergleich ein, weil du weißt, dass einige Afrikaner auf diese Weise ihre Zahnpflege betrieben: Sie bissen auf Zweige und Fasern. Der Junge bricht noch mehr Stücken aus der Schale des Baumes. Eine kostet er sogar, spuckt sie dann aber lustlos wieder aus.

Plötzlich steigt ein tiefes, grollendes Brüllen aus dem Nichts auf und stürzt wie eine göttliche Ohrfeige auf uns nieder. Die Kinderfinger halten abrupt inne. In die gleich darauf eintretende Stille hinein klingt nur noch das kurze Atmen des getroffenen Jungen und das leise, verräterische Stöhnen der beladenen Akazie. Der Junge murmelt: „Das hast du von deinem Stehlen. Dzadza wird dich holen. Dzadza hat Hunger."

Der alte Mann hat Essen gestohlen, denken wir gleichzeitig und schlagen uns zum Zeichen an die Stirn. Wahrscheinlich während einer Hungersnot und ist erwischt worden! Dummer, alter Mann. Deshalb die drakonische Strafe, natürlich. Unserer kurzen Eingebung folgt wieder unvermittelt ein mächtiges Brüllen. So kehlig wie purer Hass. Dass einem die Sinne taub werden. Die kleinen Finger aber setzen sich flink in Bewegung. Sie schieben den winzigen, weißen Lederschurz zur Seite und entblößen ein vor Erregung zuckendes, zeigefingergroßes Glied. Der Blick geht hastig hinüber zum alten Mann. Wir sehen deutlich, wie der wieder seine Augen öffnet und schließt. Aber nicht uns meint.

Vorbeistarrt in die Richtung, aus der das Brüllen kommt. Und da ist es wieder. Zum dritten Mal und ganz nah. „Dzadza riecht Blut."

Als Dzadza auftaucht, durchschauen wir, wie die letzten Pinselstriche des Bildes aussehen werden. Wer noch zu finden sein wird und wer nicht. Und wir können uns außerdem denken, dass es dem alten Mann genauso klar vor Augen steht. Seine Lage ist immerhin offensichtlich. „So wie seine Schuld", sagst du. Aber ich bezweifle, dass das eine zum anderen passt. Darauf du: Das zu ermessen bedarf es wohl einer höheren Autorität. Dann fallen uns mit einem Mal – aber nur für einen Moment – die Augen zu. Wie eine Schwäche. Und diese Schwäche wiederholt sich, denn der Junge masturbiert, während der riesige, der riesige Löwe langsam und grausam langsam in einem kleinen und immer kleineren Bogen auf die Akazie zuläuft. Der Vorgang wird uns deshalb nicht im Ganzen übermittelt. Wir erfahren davon nur schnappschusshaft. Aber wir nehmen dieses Übel in Kauf, um nur nicht mit den Augen des Alten sehen zu müssen. Als der Löwe der Quelle des blutigen Duftes auf zehn Schritt nahegekommen ist, ejakuliert der sadistische Bengel vorzeitig und kehrt dankenswerterweise zu einem weniger eingeschränkten Beobachten zurück.

Der Nemeische Löwe, der uns jetzt seine Flanke zeigt, besitzt riesige Ausmaße. Aus unserer Perspektive sind zwar nur Schätzungen möglich, aber selbst, wenn wir mit denen einen vorsichtigen Gebrauch pflegen, kommen wir auf eine Körperlänge von zweieinhalb Metern. Und auf eine Schulterhöhe von sagenhaften anderthalb Metern. Ich weise dich darauf hin, dass dann der Kopf des alten Mannes zirka einen Meter unterhalb des Löwenhauptes hängt. Wahrscheinlich stirbt er schon vom bloßen Anblick der lippenlosen Bestie, noch bevor ihn die eigentliche Strafe für seinen Diebstahl ereilen kann. Besser so. Der Schädel des Löwen ist so groß wie die Magdeburger Halbkugeln, seine Mähne fast schwarz. Sie bedeckt den gesamten Hinterkopf, seinen Nacken und die massiven Schultern. Setzt sich fort an der Kehle, auf dem Brustkorb, bis hin zum hungrigen Magen. Sein Fell ist ockerfarben, fast wie der Sand, auf dem er steht. Auf dem er steht, steht – und wartet.

Worauf wartet er? Auf noch mehr Hunger? Da wird uns vergönnt, in das verkehrte Gesicht des alten Mannes zu schauen. Es zeigt kein Empfinden mehr, als hätte schon jemand das Licht dahinter ausgelöscht. Nur noch seine Augen verraten Leben, klammern sich fest an den Blick des Löwen. Versuchen kräfteringend, den winzigen Spalt der schwarzen Pupillen, die schmale Öffnung im bittergrünen Vorhang auf der Bühne des animalischen Hirns zu schließen. Am Leben zu bleiben. Wir sind Zeugen eines wirklichen Zweikampfs, so will es uns scheinen. Und je länger wir uns in dieses Ringen vertiefen, desto verzweifelter stehen wir dem Ausgelieferten bei, desto deutlicher atmen wir den dumpfen, modrigen Geruch, der der Kehle des Henkers entsteigt, ergreift auch uns die Kraft seines Blickes. Und dann geschieht plötzlich das Wunder: Der Löwe wendet sich ab. Und die Augen des Alten fallen erschöpft wie schwere Steine ins Wasser zurück.

Der Löwe wendet sich ab. Von ihm. Aber er dreht sich zu uns! Er hebt seinen massigen Kopf, seinen wagengroßen Schädel und der hasserfüllte Blick trifft uns wie zwei messerscharfe Klingen. Der wird kein zweites Mal unterliegen! Der zitternde Bengel wirft sich nach vorn, krallt sich an den wuchtigen Ast. Und kann nicht am Löwen vorbeisehen. Unter seinem Bauch stirbt das letzte Leben in einem armseligen milchigen Häuflein. Der Junge beginnt zu weinen. Kein Baum der Welt könnte ihn jetzt hoch genug über den Boden heben. Tonlos sammeln sich die Tränen in den Rissen wie Frauenhaar. Da knurrt der Löwe satanisch und läuft auf den Baobab zu. Aber auch hier bleibt er stehen, starrt dem Kind in die vergehenden Augen. Jetzt haben die Tränen den Ast umrundet und fallen glitzernd vor das todbringende Maul. Da ist uns, als würde der Löwe reden. Nicht durch sein Maul, eher über seine Augen oder eine verborgene Membran. Als könnten wir seine erdfarbenen Gedanken hören, weil er nicht der Luft bedarf, um seinen Willen mitzuteilen. Und seltsam, das narzisstische Kind nickt bejahend vom Baum herab.

Als der Löwe noch einmal knurrt, gilt es nicht mehr uns und nicht dem alten Mann dort drüben. Er reibt sich genüsslich an dem Stamm des Affenbrotbaums, dort wo seine Mähne beginnt. Dann läuft er träge in die Ödnis hinaus. Und wird immer kleiner. Ohne sich ein einziges Mal umzusehen. Minuten später, als der Junge seinen Atem wiederfindet, rutscht er an einem stumpfen Seil in die Tiefe.

Die spitzen Fasern schneiden ihm in die Schenkel, in die Finger. Seinen Fußsohlen ist die bizarre Rauheit der Erde längst fremd geworden. Er macht zu große oder zu kleine Schritte, stolpert, verletzt sich an einem Stein. Aber am Ende steht er doch vor dem alten Mann, läuft um ihn herum, kniet sich neben die dunkelroten Flecken und löst die Fesseln an dessen Händen. Die Arme fallen kraftlos herab und der Alte schaukelt leicht hin und her. „Mussa macht frei. Dzadza verzeiht."

Das hinterlässt uns grübelnd. Wir sehen ein Bild, auf dem der alte Mann nackt und mit gefesselten Füßen flach auf der Erde unter einer Schirmakazie liegt. Die leichte Bewegung seines Bauches misst den flachen Atem. Die übrige Reglosigkeit seine Erschöpfung. Über seine Schultern lugen zwei weinrote Augen. Gegenüber wartet ein Affenbrotbaum auf das Ende der Trockenzeit. Die Erde ist beige, der Himmel azurn.

„Warum hat ihn der Löwe nicht gefressen?"

„Woher hat der gewusst, dass Mussa auf dem Baobab saß?"

„Und was hat er dem Jungen gesagt?"

„Wie konnte er ihm etwas sagen?"

„Wenn uns das Sehen abhandenkommt, unser Experiment verliert seinen Sinn."

„Nein, wenn wir nach dem Sehen den Sinn verlieren, wird es uns überhaupt erst möglich sein, den Löwen zu verstehen. Denn du weißt doch, was man sich hiervon sagt: Dem Löwen wurde das Denken einst freigestellt. Aber als er sah, dass alle Tiere viel schneller waren und für ihn nur die Schwächsten und Alten übrigblieben, hielt er es für ratsamer, das Denken wieder aufzugeben. Man sagt sich nämlich, wieviel mehr gewonnen gewesen wäre, hätte er eine Falle erfunden. Das haben wir getan, um abwesend das Abwesende zu fangen. Und nun das! Der Löwe gehorcht nicht den Gesetzen unserer Vernunft. Lässt sich nicht fangen mit unseren Fallen."

Schau! Das Sehen ist Perspektive. Mein Verstehen ist relativ zu deinem. Unsere Vorstellungen sind nicht länger identisch und was sie bezeichnen wird graduell. Letztlich ist es sogar möglich, über Gesehenes zu reden, als wäre es nicht geschehen. Ein solcher Einbruch des Zweifels kann nicht ohne Folgen bleiben! Unser einstmals scharfer Blick verwischt, indem wir das eine neben das andere stellen. Damit verlieren wir alles, was wir bisher so sicher zu wissen glaubten. Mein Freund, das ist die Vertreibung aus dem Paradies.

„Sind wir schon an diesen Punkt gelangt", bemerkst du versonnen, „dann sollten wir jetzt den Zwiespalt des alten Mannes kennenlernen."

Und mit einem Mal ist es keine Frage mehr. Er wird seine Fußfesseln lösen, sobald er genügend Kraft gesammelt hat. Er wird nackt, wie er ist, nach Kagamon humpeln und dort eine lehmfarbene Hütte bauen. In ihr wird er seinen schmutzigen Schlafsack ausrollen, vor die Türöffnung seinen russischen Mantel hängen. (Wenn er ihn noch besitzt und vielleicht, nachdem er davon einen breiten Streifen für seine Hüften abgetrennt hat.) Er wird bleiben, sein Wasser aus der nahen Quelle trinken, Haare und Zähne verlieren, braun brennen. Und am Ende sterben. Denn es bleibt ihm keine andere Wahl. Als das elendige Schicksal auf den Schultern zu tragen.

Und der Zwiespalt? Kagamon selbst. Denn das ist kein Ort einer Geschichte, geschweige denn einer Überlieferung. Von ihm hat noch niemand gesprochen. Noch niemand hat ihn ins Auge gefasst. Er ist so weit, dass er zu einem Punkt zusammenschrumpft. Zu einem Punkt, dessen Winzigkeit und Enge das Atmen zur Qual macht. Der Alte wollte vor ihm fliehen und konnte nicht entkommen. Nur beinah. Aber dann hat er Angst gehabt und dem Tod die einzige Lanze entgegengestreckt, die noch nicht gebrochen war: seinen Blick. Und ist er nicht dadurch selbst zum Nemeischen geworden? Zu einem Gefangenen in Kagamon?

„Aber weißt du, was Kagamon bedeutet?", frage ich dich. Und bemerke plötzlich, dass du verschwunden bist. Erstaunt schaue ich mir über die Schultern und drehe mich mehrmals im Kreis. Du hast nichts gesagt und ich komme mir ratlos, seltsam, ausgestellt vor. Aber vielleicht bist du nur kurz auf Toilette und meine Gedanken haben mich so beschäftigt, als stünden sie leibhaftig neben mir. Deshalb habe ich es vielleicht überhört, als du mir sagtest, wohin du gehen würdest. Da entsinne ich mich schwach, dass du zuletzt von einem Kennenlernen sprachst. Was kennenlernen? Wen?

Dort, wo du standst, liegt ein kleines Bild. Auf dem Bauch.

Wie ein Foto, das dir aus der Brieftasche geglitten ist. Ich beuge mich ein Stück hinunter und kann deinen Namen auf dem Rücken lesen: Donkas. Das war bisher nicht wichtig, denke ich. Finde aber auch nichts, was sich daran geändert hat. Meine Ratlosigkeit nimmt rasch zu. Jetzt bin ich mir sogar unschlüssig, ob ich das Foto überhaupt aufheben sollte, solange du noch nicht wieder im Zimmer bist. Denn schließlich könntest du genau in diesem Moment hereinkommen und meine Aufmerksamkeit als Neugierde missdeuten. Geht mich ja nichts an, was du da bei dir trägst. Andererseits könnte es sich genauso gut um eine Nachricht handeln, die du mir zukommen lassen willst. Als Kompromiss gebe ich dir noch so viel Zeit, wie ich brauche, um bis zehn zu zählen. Dann bücke ich mich missgelaunt nach dem Foto, um es aufzuheben und zu betrachten.

Auf dem Foto ist eine Anzahl Okropalmen abgelichtet. Sie stehen in gleichmäßigen Abständen zueinander, was mich auf eine Pflanzung, eine Plantage schließen lässt. Sie sind außerdem noch nicht sehr hochgewachsen, höchstens drei bis vier Jahre alt. (Aber schon hier beginnt mir dein besseres Wissen zu fehlen.) Ihre Wedel zeigen ein kräftiges Türkis. Ihre Stämme sind graubraun und wirken uneben, als hätten sich Schuppen aus ihnen herausgebildet. Hin und wieder kann ich auch Agaven und an ihren faltigen, samtartigen roten Blüten Erdnusspflanzen erkennen. Dort vielleicht sogar einen Maniokstrauch. Die Erde ist rot, der Himmel blassblau. Die Hochblätter über den einzelnen Knospen der Zuckerpalmen sind zu kleinen Röhrchen zusammengebunden, manche von ihnen stehen kerzengerade, aber die meisten fallen matt und schwer zur Seite. Im hinteren linken Teil der Plantage, kann ich zwischen den Palmen einen kleinen, weißen Punkt ausmachen. Einen Steinwurf davon entfernt einen Hut.

Je länger ich das Foto ansehe, desto näher rücken der Punkt und der Hut zueinander und zu mir. Als gehöre dieser auf jenen und bräuchte mich, um hinaufgehoben zu werden. Dann aber lugt unter dem breitkrempigen Hut, dessen Farbe nur in kleinen Nuancen von der der Palmstämme abweicht, ein roter Bart hervor. Im Schatten. Zwischen Hut und Bart ist kurz darauf eine kräftige Nase sichtbar, irgendwo dabei vermute ich die Augen. Der Hut hat also schon einen Besitzer, denke ich eher nebenher. Denn noch gespannter erwarte ich die Ankunft des weißen Punktes, der zuletzt ein bisschen zurückgefallen ist. Und tatsächlich: Es ist der alte Mann. Er trägt ebenfalls einen Bart, einen weißen allerdings, nicht sehr kräftig geraten, sondern fast wie der Flaum auf seiner Brust. Ein bisschen sieht sein Bart deshalb aus wie Spinnenweben auf einem lang unbenutzten Möbel. Da lächelt der alte Mann und öffnet seinen Mund in Richtung des Hutes. Verrät mir, der ich noch gar nichts höre, allein durch die Bewegung seiner schmalen Lippen, was er da ruft: Donkas.

Verständnislos lasse ich den Arm, der das Foto hält, herabsinken. Der andere hebt die Hand an meinen Kopf, wo Daumen und Zeigefinger nervös mit einer Augenbraue zu spielen beginnen. Hab ich mich denn getäuscht? Stand ich nicht eben noch hier und habe mich mit dir unterhalten, Donkas? Wie bist du so schnell dorthin gekommen?

Auf dem Foto sind die Männer ganz in den Vordergrund getreten. Donkas trägt eine alte, leicht professorale Kordhose, die von Trägern auf grau behemdeten Schultern gehalten wird. Auf seinen runden, neuerdings bärtigen Kopf hat er einen Hut gesetzt, den englischen aus Filz. Am anderen Ende steckt er in weißen Turnschuhen. Das Hemd trägt er hochgekrempelt wie der alte Mann das seine. Wegen der Temperatur, vermute ich. In der rechten Hand hält er einen dünnen, langen Stock. Gerade noch hat er mit dem sorgfältig auf einige der zusammengebundenen Hochblätter geschlagen. Jetzt stochert er damit an der Erde herum, malt Formen in den roten Sand, die ich nicht entziffern kann, und hört zu, was der alte Mann ihm sagt. Dessen Mund bewegt sich in kurzen Intervallen, während seine Augen der Spitze des malenden Stockes folgen. Er ist barfuß und dort, wo seine Hosenbeine die Waden nicht verdecken, kann ich zwei lange, gerade Narben erkennen. Auch er hat einen Stock bei sich. Und ich denke, ein narzisstischer Junge wie Mussa würde damit sicher gern in den Kampf gegen erinnerte Löwen ziehen. Dann entschließe ich mich schnell, in die Augen des alten Mannes zu schlüpfen. Zum einen in der Hoffnung, das Gespräch zu belauschen und darin Aufschluss über Donkas' plötzlichen Wechsel von einer Realität in die nächste zu erhalten. Zum anderen, weil ich mich natürlich vor dem Versuch scheue, mit Donkas' Augen zu sehen. Denn er ist ein Freund und ich weiß nicht, ob er es mir gestatten würde, wenn er davon wüsste.

Das erste, was ich spüre wie eine hitzige Ohrfeige, ist die erdrückende Luftfeuchte und einen brennenden, aufsteigenden Durst. Ein wenig flimmert es sogar vor meinen Augen. Donkas' vertrautes Gesicht wird leider vom eifersüchtigen braunen Hut verborgen. Einzig den roten Bart kann der nicht bändigen und verliert ihn aus seinem Schutz. Wenn auch nicht aus seinem Schatten. Seine Kleider sind dreckig vom Staub, die Hand, die den Stock führt, überzogen mit kleinen frischen Einschnitten. Wahrscheinlich von den Palmwedeln her. Gerade antwortet Donkas: „Dazu wird es nicht kommen." Dann schaut er mich direkt an, beziehungsweise den alten Mann. Denn er kann mich ja nicht sehen. Und wirft ihm einen festen Blick entgegen.

„Warum bist du so sicher?"

„Weil ich den Tieren einen Stall bauen würde."

„Aber du kannst weder die Tiere die ganze Zeit im Stall lassen noch sie rund um die Uhr hüten. Donkas, ich kann es gut verstehen, wenn es dir umständlich erscheint, weil wir jedes Ei, jedes Stück Käse, jede Schüssel Milch eintauschen müssen. Selbst dein Argument, es würde viel mehr Wein für anderen Tauschhandel übrigbleiben, gebe ich ja zu."

„Dinge, die wir dringend brauchen."

„Aber trotzdem kommen wir nicht um Kusi und Blidsa herum."

„Dann müssen die Löwen eben fort", sagt Donkas und überrascht mich mit dem barschen, beleidigten Ton, der darin mitschwingt. Denn noch nie hat er ihn mir gegenüber gebraucht. Jetzt dreht er sich abrupt um und geht erneut die Reihen der Okropalmen ab. Schlägt auf die schwankenden Knospenblätter. Die Stimme des alten Mannes ist ganz ohne Ecken und Kanten. Sie stößt nicht, sondern trägt. Ruhig und sicher. „Das wird nie geschehen."

Mit den Augen des alten Mannes schaue ich hinab auf Donkas' Zeichnung und erkenne Buchstaben im roten Sand. Weil sie auf dem Kopf stehen, kann ich sie nicht lesen. Ich wundere mich über die Vertrautheit, die ich zwischen dem Alten und Donkas finde. Denn ich habe sie nicht erwartet. Vielmehr nahm ich an – seltsam genug! – Donkas wäre gerade erst hier angekommen. Wie schnell muss die Zeit vergehen, wenn sie schon so miteinander stehen! Das gleicht nicht mehr dem Rieseln durch Finger, eher schon dem Sturz eines Wasserfalls. Und wieviel habe ich dann versäumt! Früher – und das ist noch keine Stunde her – hat mein Sehen die Wirklichkeit abgebildet. Jetzt verschwindet ihr größerer Teil in wie von Krankheit wuchernden blinden Flecken.

Der alte Mann tritt an eine Palme heran und löst ein irdenes Gefäß von der Schnur, mit der es an seinen Gürtel gebunden war. Hält es unter eine zu Boden geneigte Palmknospe. Mit der rechten Hand fischt er ein kleines Messer aus der Hosentasche und schneidet der Knospe die Spitze ab. Sofort quillt ein dünner, süßlich duftender Saft heraus und perlt kostbar in die kleine Schale. „Wir können bald ernten", ruft er in das grüne Dickicht zu seiner Rechten hinein. Dann hebt er das Gefäß an den großen Mund mit den feinen Lippen und probiert die matt schimmernde Ausbeute, indem er sie zwischen Zunge und Gaumen hin- und herfahren lässt. Was von dem Saft übrig bleibt, schüttet er achtlos und zu meinem durstigsten Bedauern an die Erde, gleich da neben die dornige Agave.

Dann höre ich einen Hornraben krächzen, irgendwo in den Schirmakazien dort draußen.

Das Foto verrät mir nicht viel. Warum man überhaupt etwas so unbrauchbar Momentanes erfunden hat, frage ich mich entmutigt. Schließlich ist Gegenwart nur im Kontext von Zukunft oder Vergangenheit sinnvoll. Darum beschließe ich, mich jetzt, wo Wirklichkeit und erzählte Zeit auseinanderdriften, nur noch auf Gemälde zu verlassen. Deren Charakter ist zwar in viel größerem Ausmaß Selektion, aber dadurch Sinn und Halt stiftend. Was ich erfahren habe, ist offensichtlich: Donkas hat den alten Mann gefunden, wahrscheinlich in Kagamon. Bereits seit langer Zeit leben und arbeiten sie gemeinsam. Sie haben eine Pflanzung von Okropalmen angelegt und stellen aus dem süßen Saft Palmwein her, vielleicht auch Zucker. Sie haben kein Vieh und sind deshalb gezwungen, ihren Palmwein bei den Nachbarn gegen verschiedene Lebensmittel einzutauschen.

Das alles beantwortet keine einzige meiner Fragen, wirft nur weitere auf. Was zum Beispiel die wiedergewonnene Kleidung des alten Mannes angeht oder die geheimnisvolle Bemerkung über die Löwen. Wenn ich sie deute, scheint es, als würden die Raubtiere die Männer bewachen und häufig

Teile ihres Besitzes und ihrer Arbeit abfordern. Wie gern würde ich mit Donkas darüber diskutieren, seine Meinung erfahren oder eine erhellende Geschichte über Panthera leo hören. Mir fällt nur ein Witz ein, wo der Biologielehrer seinen Schüler auffordert, ihm vier Tiere Afrikas zu nennen. „Welche vier?", könnte Donkas fragen. Und ich würde ihn zappeln lassen, um Spannung aufzubauen. Wenn ich ihm dann endlich antwortete: „Drei Löwen und ein Rhinozeros", so würde er lachen. Wenn nicht um des Witzes, so doch um meinetwillen. Aber er ist nicht hier. Und alles, was ich sonst noch denke, ist Differenz. Vor allem die zwischen dir und Donkas. Oder andersherum. Ich meine die eine Zeit, in der Donkas vom alten Mann gesehen wird. Und die andere, in der du mich noch sehen konntest. Denn das Wichtige ist, dass ich in der Realität des Bildes viel unsichtbarer bin als der alte Mann in meiner. Donkas' Übergang von der einen in die andere macht, dass ich sehen kann, ohne gesehen zu werden. Was weitaus schlimmer ist, als gesehen zu werden und nicht zu sehen. Denn so erfährt Donkas nie, dass ich noch immer hier bin.

Fassen wir also zusammen – und ich sage es bewusst so, als wäre Donkas noch hier, denn das hilft mir beim Denken – fassen wir also zusammen: Wir sehen ein Bild, auf dem der alte Mann einen Ort namens Kagamon erreicht. Dann ein zweites, das uns entweder zeigt, warum er Kagamon erreicht, oder aber warum er es wieder erreicht. Ein drittes Bild gibt uns auf die zentrale Frage nach der Bedeutung des Ortes eine erste Antwort, die – ich kann es nur so einfach wiedergeben – lautet: Kagamon ist das Schicksal des Alten, die Höhle, in der ihn Dzadza oder Kusi oder Blidsa gefangen hält. Inwieweit nun Donkas in dieses Schicksal verwickelt wird oder sich darin verwickeln lässt, inwieweit auch die Rolle der ominösen Löwen genauer zu fassen ist und was überhaupt zwischen dem dritten Bild und dem Foto geschah, sind allesamt Rätsel, die ich nicht auflösen kann. Also bleibt mir nichts anderes zu tun, als das nächste Bild zu betrachten.

Hierauf erkenne ich die Szenerie des ersten Bildes wieder, wenngleich sie sich ein wenig verändert hat. Das Rot der Erde erscheint mir nicht mehr ganz so rein, das Gelb des Grases nicht mehr ganz so gelb. Die Akaziengruppen, die sich vermehrt haben, werfen dichte Schatten auf das Rot, mir direkt entgegen. Wo sie aber den Blick freigeben, lugt noch immer die unendliche Savanne herein, kann ich die Größe des Kontinents erahnen. Die meisten der Lehmhügel haben ihre Zacken verloren und die einstige Rundung in die Länge gestreckt. Die Landschaft erinnert deshalb viel eindrücklicher an den Rain eines Feldes als wie einmal an die Reste einer kleinen Siedlung. Fast in der Mitte des Bildes steht eine Lehmhütte. Die runde Mauer ist von der gleichen Farbe wie die Erde und besitzt ebenfalls deren feinkörnige, sandige Konsistenz. In einer leichten Steigung zum Mittelpunkt des Lehmkreises erhebt sich ein Dach aus Palmwedeln und faserigen Pflanzenteilen. An manchen Stellen schimmert es grün, andere sind gelb, ocker, braun, sogar grau. Links hin öffnet sich ein Eingang zur Hütte, er ist schwarz verhängt. „Der Mantel", sage ich laut.

Vor der Hütte liegt allerlei Unrat verstreut. Es mag sich um Knochen, Holzreste, Pflanzenschalen handeln. Ein paar metallische Gegenstände können ebenfalls darunter sein, vielleicht Patronenhülsen und Teile von Konservendosen. Ganz deutlich sehe ich nur ein kleines, silbernes Feuerzeug. In hoc signo vinces, glaube ich, weil ich die Aufschrift schon kenne. Noch weiter zur Linken und hinüber bis hinter die Hütte haben im Sand Spuren ihren Platz gefunden. Sie sind größer als meine Hand und bestehen aus fünf ovalen Mulden, vier halbmondartig und eine größere quer darunter. Die Spuren führen über eine verwilderte Fläche, wo die Erde zerbrochen und aufgewühlt ist. Auch gibt es da viel mehr Gräser und Blätter und...

...ohne mich zu rühren, setzt plötzlich eine Kakophonie spitzer, schimpansischer Rufe, keckernden Lachens, girrender, klirrender Töne und ächzender, krächzender Schauer ein und ich sehe mich ungewollt der Hütte auf dem Bild näherkommen. Überrascht nach einer Antwort suchend fahren meine Pupillen auf und nieder. Da sehe ich Hände, die abwechselnd in das Blickfeld des rechten und des linken Auges hineinschwingen. Als würde ich laufen. Da ich mich aber, wie gesagt, nicht bewege, kann es sich nur um Folgendes handeln: Ich sehe wieder mit den Augen des alten Mannes. Ja, wahrscheinlich habe ich seine Perspektive schon sooft eingenommen, dass es mir inzwischen keine bewusste Anstrengung mehr abverlangt. Ich komme also der Hütte näher. Mein Blick fährt über den zivilisatorischen Unrat bis zu den Abdrücken im roten Sand. Da bleibt der alte Mann verwundert stehen und seine Augen wandern zwischen der Spur, der Hütte und den entfernten Schatten unterhalb der Akazien hin und her. Später strebt er weiter der Hütte zu und ich höre ihn enttäuscht murmeln: „Unvorsichtige Leute." Was damit gemeint ist, wird mir nicht ganz deutlich, aber ich vermute, dass der alte Mann denkt, ein Löwe hätte die Bewohner der Hütte gefressen. Seltsam, denn ich nahm an, die Hütte wäre seine.

Es sind nur noch wenige Schritte bis zum Mantel, als ich dahinter unvermittelt ein glucksendes Geräusch höre. Noch einmal hält der alte Mann inne, nimmt seine Springfield von der Schulter, schiebt mit ihr vorsichtig den Vorhang beiseite. Und plötzlich ist es finster, dunkler als jede Nacht. Ich bin mir darum nicht sicher, ob der Alte die Augen geschlossen hat – vielleicht weil er die Gefahr bannen will wie Pater Brown – oder ob es der Raum ist, der diese enorme Finsternis ausstrahlt. Erst nach und nach überzeuge ich mich von Letzterem, sowie auch davon, dass diese Dunkelheit keineswegs so undurchdringlich ist. Dafür überrascht mich eine neue, unerwartete Entdeckung: Vor mir liegt der alte Mann.

Doch eines nach dem anderen. Zunächst die Wahrnehmung: Der alte Mann liegt auf der Seite, nicht auf seinem Schlafsack. Vor seinem geöffneten Mund glänzt eine feuchte Stelle, die Zunge ist da hineingerutscht. Die Augen liegen tief in den Höhlen und sind geschlossen. Die Wangen abgemagert, eingefallen. Die weißen Stoppeln können nicht als

Bart bezeichnet werden, der Alte ist einfach nur unrasiert. Über seinem Kopf blitzt einer der Blechtöpfe, der andere ist näher zum Eingang gerollt. Die Arme des alten Mannes weisen eine Stellung auf, als wollten sie irgendetwas aufhalten. In der Hütte stinkt es modrig, faulig und nach Schweiß. Dann die Perspektive: Wenn der alte Mann vor mir liegt, kann ich mich nicht zur gleichen Zeit in seinen Augen befinden. Klar. Demnach sehe ich mit den Augen eines anderen, vermutlich mit Donkas'. Auch wenn ich mir überhaupt nicht erklären kann, wie er es verflucht noch mal geschafft hat, mich in seinen Blick zu ziehen. Daher komme ich zu dem Schluss, dass das vorliegende Bild Donkas' Ankunft in Kagamon vorstellt. Des Weiteren glaube ich, in dem Blechtopf eine gelbliche Flüssigkeit zu erkennen. Sollte dem so sein, dürfte es sich um Palmwein handeln. Schließlich kann die Haltung der Arme auch so verstanden werden, als wollte er danach greifen.

Zuletzt das Sehen: Das abgezehrte und geschwächte Äußere des Alten kann mit einer Krankheit in Zusammenhang stehen, vielleicht sogar mit mehreren. In Frage kommen vor allem Typhus, Gelbfieber und Malaria. Zu Gelbfieber würde es gut passen, wenn sich der feuchte Fleck als erbrochenes Blut herausstellte. Aber eigentlich kann ich mir kaum eine Aussage hierüber erlauben. Donkas wüsste sicher eine Menge mehr. Fest steht, dass Alkohol der Betäubung dient, bei längerem Gebrauch aber Abhängigkeit erzeugt, die auf das Äußere wie beschrieben einwirkt.

Da fällt mir doch noch eine Geschichte ein. Die von Androklus und dem Löwen. Dass ich sie gehört habe, ist wirklich schon lange her und ich weiß deshalb nicht, ob ich mich auf jede Einzelheit zurückbesinne. Aber sie schildert so eindrücklich den Sieg des Guten über die Tyrannei, dass mir die Sage mein ganzes Leben lang nicht völlig abhandenkommen kann. Alles begann damit, dass Androklus, der ein braver, aber armer römischer Bauer war, durch Verschuldung in die Sklaverei geriet. Weil er die nicht ertrug – denn sein ganzes Wesen war ein stolzes – nutzte er die erste Gelegenheit und entfloh. An der Meeresküste angelangt, stahl er ein kleines Ruderboot und fuhr mit diesem bis nach dem freien Afrika. Dort hörte er von einer Oase, lief hin und fand eine Höhle, in der er zu bleiben beschloss.

Sein erschöpfter Schlaf dauerte noch nicht lang, da weckte ihn eine dunkle, brummende Gestalt mit grünen, funkelnden Augen. Androklus vermutete in ihr einen Dschinn, vor dem man ihn gewarnt hatte. Die Geschichte aber sagt, dass statt des Wüstengeistes ein Löwe dagestanden habe, der einen großen, schmerzenden Splitter im Fuß mit sich trug. Androklus nahm sich ein Herz und sprach tapfer: „Halt still, alter Dschinn!" Dann zog er ihm den Splitter aus der Pfote. Daraufhin empfand das wilde Tier so große Freude und Dankbarkeit, dass es seinem mutigen Erlöser ewige Treue schwor.

Kurz darauf wurde Androklus von Sklavenhändlern gefangen und zurück nach Rom verkauft. Während sie ihn abführten, erzählte er den Peinigern von der Höhle und gaukelte ihnen vor, dort noch andere zu finden, die sie so leicht zu Sklaven machen konnten wie ihn. Denn insgeheim hoffte er, dass der Löwe ihnen den Garaus machen würde und käme, Androklus zu befreien. Das geschah leider nicht, stattdessen geriet auch das sanftmütige Tier in drückende Gefangenschaft. In Rom angekommen durften beide für kaiserliche Unterhaltung sorgen. Wie es ein besseres Schicksal wollte, wurden sie im Zirkus wieder zusammengeführt, schlossen sich vor einem staunenden Publikum in die Arme und erwirkten durch Bedrohung des Pontifex maximus die besiegelte Freilassung. Zurück in Afrika lebten Androklus und der alte Dschinn ungestört bis zu ihrem Tod.

Ein schönes Bild: Mensch und Tier vereint im Kampf gegen das Unrecht. Von mir aus auch gegen Gelbfieber oder Malaria. Das bringt mich zurück nach Kagamon, zum alten Mann und seinem betrunkenen Lallen. Da liegt er vor Donkas' und meinen Augen – denn in dieser Arena sind wir wieder vereint – und kann sich nicht mehr bewegen. Der Topf ist ihm aus der Hand gefallen, nachdem ihn sein süßer Inhalt außer Gefecht gesetzt hatte. Da liegt er in einer Pfütze aus Blut oder Erbrochenem, in einer Wolke aus Gestank und Fäulnis. Wenn er es wüsste, würde er sich schämen. Donkas schämt sich nicht, stößt den röchelnden Alten zurück auf seinen Schlafsack, greift nach dem vollen Topf und trägt ihn ins Freie. „Du hattest schon genug", sagt er. Gegenüber hat sich ein Lehmhügel dem Zerfall erfolgreicher widersetzt und wird von Donkas für einen Sitzplatz gehalten. Während er hinüberläuft, richtet er unseren Blick auf die Erde, damit er nicht auf den Unrat tritt, der ihm im Weg liegt. Die Konserven sind verrostet und so rot wie die Erde. Die Knochen grau und porös. Da liegt der blanke Schädel einer Maus oder Ratte, hier die Krallen eines Vogels. Donkas' Blick ergreift sogar ein Büschel gelbes Gras, als wäre noch Leben in ihm.

Vom Sitzhügel aus kann man gut den Eingang der Hütte beobachten. Der schwarze Mantel ist an einer Seite heruntergerissen und sieht aus wie ein alter, schwerer Lappen, der an einem Haken hängt. Donkas sitzt keine zwei Minuten und hat auch erst drei, vier Mal vom Palmwein getrunken, als eine weiße Hand von innen nach dem Lappen greift. Eine zweite Hand kommt der ersten zu Hilfe und beide klettern ein Stück zum Haken hinauf. Der hält nicht, was er verspricht, und beide Hände verschwinden mitsamt dem Mantel im Dunkel der Hütte. Es folgt ein dumpfer Aufschlag und ein langer, ächzender Fluch. Donkas nimmt einen genussvollen Schluck. Dann erscheint ein blanker, gelber Schädel, weiß umkränzt, getragen von zittrigen Armen. Der Alte kriecht auf allen Vieren aus dem Verschlag und sabbert auf seine Finger. Ich sehe ihn, wie er sich einen Weg durch den Unrat schleift, wie er einmal aufjault, weil er mit der Hand auf etwas Spitzes gefasst hat, wie er vor ein paar Erdhaufen innehält und schließlich dort zu graben beginnt. Donkas nimmt einen weiteren Schluck. Was der alte Mann zutage fördert sind hellbraune Knollen. Vielleicht Kartoffeln? Die bricht er mit Fingern und Steinen und steckt sie in den Mund, kaut und übergibt sich sofort. Hustet. Heult. Dann nimmt er wieder davon. Was hat er vor, frage ich mich. Donkas steht auf.

Er läuft weniger vorsichtig durch den Müll. Sein Blick bleibt stur am Alten haften. Kurz bevor er ihn erreicht, bemerkt er den Wein, den er seltsamerweise mitgenommen hat und der ihm beim Gehen auf die Hand schwappt. Er starrt ihn an, plötzlich angewidert. Will nicht mehr davon trinken. Lässt den Napf zu Boden fallen und wendet sich wieder dem Alten zu. Schlägt ihm gezielt eine Knolle aus dem Mund. Der alte Mann hat gewiss nicht mit dieser plötzlichen und schicksalhaften Einmischung gerechnet, kann sich vor lauter Benommenheit nicht einmal erklären, aus welcher Richtung sie kommt. Hebt nur instinktiv die flachen Hände empor, um seinen Kopf zu schützen. Es hilft ihm nichts. Er verliert etliche ausgesaugte, gelbliche Stücken und ein paar Brocken Blut. Donkas packt ihn bei den Armen und zieht ihn hinüber in den Schatten der Akazien. Dabei strampelt der alte Mann wie ein Kind und hinterlässt mit Ellbogen und Knien wild durcheinanderwirbelnde Spuren. Er weint und jammert in einer fremden Sprache. Am Waldrand angelangt drückt Donkas ein paar Blätter und Zweige von wilden Teesträuchern mit der Hand beiseite und verliert mit einem Mal den störrischen Arm des Alten. Aber noch ehe er ganz entfliehen kann, hat ihn Donkas schon wieder ergriffen. Zieht ihn durchs Gebüsch einen grauen Pfad entlang. Bald schluchzt der Alte nur noch leise, hört auf, sich gegen die übermächtige Norne zu wehren. Nach ein paar Minuten sehe ich den kastalischen Quell, der es dem alten Mann erlaubt, in Kagamon zu überleben. Zwischen glatten, feuchten Steinen, die blau, rot und grün schimmern, sprudelt klares Wasser hervor, ergießt sich in einen kleinen, badewannenartigen Tümpel, dessen leicht rostige Farbe am Rand auf- und niederschwankt. Irgendwo im unsichtbaren Boden des Tümpels versickert das Wasser wieder. Am Ufer sind unzählige Fußspuren eingegraben, haben unzählig viele Kehlen ihren Durst gestillt. Das Gras ringsum ist mintgrün und dicht gewachsen, hier stehen Agaven und einige Aloen. In den Palmen oberhalb schimmert es violett wie reife Datteln. Klaffschnabel und Kronenkranich verkünden sowohl den ängstlichen als auch den hungrigen Tieren unser Eindringen in die Oase.

Donkas lässt den erschöpften Alten ans Ufer sinken, dreht ihn auf den Rücken und kniet sich neben ihn. Dann wäscht er ihm das schluchzende Gesicht, den Kopf. Zieht ihm das blassblaue Hemd aus, wäscht damit den Hals, den Oberkörper, die Arme des alten Säufers. Seine Haut fasst sich an wie trockenes Leder, hängt in Falten über spitzen Knochen. Und sieht so gelb aus. Das war mir bisher entgangen. Er hat kaum noch Zähne und die feinen Gesichtszüge sind fast entstellt. Die Stirn fiebert, die Wangen flimmern rot. Die Hände mit den langen schmutzigen Fingernägeln zittern und versuchen halbherzig, das Eindringen der fremden Hand abzuwehren. Besonders auf dem gewölbten Oberbauch. Aber erst als Donkas etwas zweifelnd an seiner Hose nestelt, vielleicht weil zwischen den Beinen ein dunkler Fleck trocknet, findet der Alte mehr Energie, um sich dagegen aufzulehnen. Und hat endlich auch einmal Erfolg. Donkas lässt ab von weiteren Versuchen einer gründlicheren Reinigung, verschiebt sie möglicherweise auf später. Jetzt nimmt er den alten Mann, der wieder ängstlich jammert und seinen Bauch mit der Hand hält, auf die Schultern und trägt ihn unter gemurmelten Verwünschungen zur Hütte zurück. Dort holt er den Mantel aus dem Inneren des Baus und kehrt mit ihm den Boden aus. Natürlich war es Blut! Die Springfield lehnt er draußen an die Lehmwand neben seine. Dann bringt er in beiden Näpfen Wasser von der Quelle. Legt den Alten auf den Schlafsack, macht ihm Wickel aus dem Mantel. Schließlich geht er und wühlt selbst kleine braune Knollen hervor. Später sehe ich ihm zu, wie er sie in den Napf schält, wie er sie über einem Feuer kocht. Sehe, wie er einen Brei aus ihnen quetscht und wie er mit einem Löffel hineinfährt, diesen in den Mund des alten Mannes schiebt. Sehe auch in dessen Augen, die mich anstarren, wie der alte Dschinn Androklus angestarrt haben wird, als ihm der Splitter aus der Pfote gezogen wurde.

Ich sehe, dass im alten Mann keine Hoffnung mehr wohnt. Dass es Augen ohne Hoffnung gibt. Dass es Augen gibt, deren letztes Verstehen kein Begreifen mehr kennt. Die sich verlaufen und gefangen haben und nicht mehr auf Befreiung hoffen dürfen. Ihnen ist das Schicksal bereits besiegelt, als ein anderer kommt und sie dennoch erlöst. Ich sehe Erstaunen in diesen leeren Augen. Sehe die unverhohlene Frage, warum ausgerechnet ihnen verziehen werden sollte. Warum ihnen etwas zuteilwird, um das sie schon lange nicht mehr gebeten hatten. Und ich sehe seinen Augen die Überraschung an, denn entgegen all der Selbstverwünschungen ist es noch immer nicht zu spät.

Donkas hat endgültig alles vergessen. Da bin ich mir sicher. Woher er kommt, wer er war und was er wollte. Wäre es nicht so und sein Erscheinen in Kagamon bloß vorübergehend, die Begegnung mit dem Alten hätte einen anderen Ausgang gefunden. Donkas hätte nach Antworten gesucht, statt nach Lösungen. Hätte nie in die Geschichte eingegriffen. Die Rettung des alten Mannes kostet ihn seine Freiheit. – Und wie, wenn auch der alte Mann in Kagamon alles vergessen hat? Wäre Kagamon am Ende der Sehnsuchtsort aller Styxoniken?
Auf dem Bild sitzt Donkas, mein guter Donkas, erschöpft in die schattige Rundung der Lehmwand gestreckt und starrt reglos auf den bräunlichen Fleck, den vergossener Palmwein auf der roten Erde hinterlassen hat. Irgendwann fällt mir überrascht auf, dass dieser Fleck wie der Kopf des alten Mannes aussieht, und das fesselt für eine Weile meine Aufmerksamkeit. Die hohe Stirn ist klar zu erkennen. Darunter eine Ausbuchtung für die schwachen Augen und eine vollendet gebogene Linie, die die schmale Nase vorstellen mag. Mit etwas gutem Willen kann ich sogar die Lippen ausmachen, darunter das deutlicher gezeichnete Kinn. Die spärlichen Haare, die durch ein paar Spritzer entstanden sind, vervollständigen die erschreckende Ähnlichkeit des Bildes. Wie ist das möglich, frage ich mich verwirrt, dass eine zu-

fällig verschüttete Flüssigkeit die Augen narren kann? Und Donkas sagt: „Ich muss so schnell wie möglich hier fort. Das ist nichts für mich." Ich verstehe ihn gut, denn er hat im Weinbild des Alten seine schicksalhafte Verquickung entziffert. Aber ich vermute, dass es ihm nicht gelingen wird.

Inzwischen ist es Abend geworden und unsere Blicke wandern müde die dunkelgrünen Akazien entlang. Plötzlich erspähe ich den riesigen Löwen, in ganzer Länge sichtbar, das mächtige Haupt erhoben und der Hütte zugewandt. Keine hundert Meter befinden sich zwischen ihm und dem jämmerlich erschrockenen Donkas, der zusammenfährt, obwohl er wegen der Spuren mit einem Löwen gerechnet haben muss. Er fühlt, wie ich denke, seine Beine taub werden und traut sich nicht, auch nur einen Finger zu bewegen. So besehen sie sich reglos und lauernd: der ockerfarbene Löwe mit der fast schwarzen Mähne und Donkas, dem es in den Sinn kommen mag, dass der Wind günstig steht und vielleicht keine Witterung hinüberträgt. Mir ist es unmöglich einzuschätzen, ob der Löwe Donkas' Gestalt von der Wand, an der er lehnt, bereits unterschieden hat. Denn eine übermächtige Furcht verhindert, dass ich das Bild mit den Augen des Löwen betrachte. Noch bin ich in den Schock vertieft, da setzt sich der Löwe langsam in Bewegung, trabt gemächlich zu einer entfernten Baumgruppe, lässt sich dort in aller Ruhe nieder und leckt endlich seine Pfoten.

Behutsam streckt Donkas eine Hand nach seiner Springfield aus, die noch immer neben ihm an der Wand lehnt. Zieht sie zu sich heran und entsichert lautlos den Lauf. Dabei lasse ich den Löwen keinen Moment aus den Augen. Ich bemerke, wie der sich auf seine Seite fallen lässt, die kraftvollen Hinterläufe ausstreckt und seine Flanke zu lecken beginnt. Nein, denke ich, er hat ihn nicht bemerkt. Donkas richtet sich auf, hebt langsam das Gewehr und zielt auf das Blatt, genau zwischen Kopf und Schulter. Ich schlüpfe in seine Perspektive und biete meine gesamte Konzentration auf, die Nerven gespannt und in Gedanken bereits den klatschenden Einschlag des Geschosses vorwegnehmend. Halt still, alter Dschinn!

In dem Augenblick spüre ich zu unserer Linken einen tiefen, kehligen Atem. Und weiß sofort, dass es ein zweiter Löwe ist. So nah, dass Donkas keine Chance mehr hat. Denn egal, ob er jetzt auf den ersten Löwen schießt oder nicht, es ist keine Zeit mehr vorhanden, sich umzuwenden, um auf den zweiten zu schießen. Da schließt Donkas seine Augen und um mich herum entsteht Dunkelheit. Dann werde ich Zeuge, wie Donkas inbrünstig und beschwörend merkwürdige Worte formt: „Wenn du mir mein Leben lässt, lasse ich dem andern Löwen da drüben das seine." Donkas spricht mit dem Löwen! Oder denkt er es nur? Eine Antwort höre ich nicht. Nur Stille. „Ich bleibe auch und kümmere mich um den Alten, wenn du das willst." Da verändert sich der Atem des Tieres. Geht nicht länger im Takt des Herzschlags, sondern im Rhythmus einer Bewegung. Und als Donkas die Augen öffnet, sehe ich mit staunendem Blick beide Löwen drüben unter dem Schirm einer alten Akazie ganz so beieinanderliegen, als wäre nichts geschehen. Donkas senkt den Arm mit dem Gewehr. Hört nicht, wie ich ihn erregt davon abzubringen versuche: „Jetzt kannst du schießen!" Und hört nicht auf hinüberzustarren.

In der Finsternis der Hütte bewegt sich der alte Mann.

Sieh! In den Momenten der Dunkelheit werden wir wieder zu Kindern. Wir verlieren die Kontrolle über unseren Körper und rennen uns die runden Schädel ein. Wir greifen um uns in die traumgeschwängerte Leere und weinen, wenn dort nichts und niemand ist. Wenn uns niemand hilft. In den Momenten der Dunkelheit erschöpft sich unser Wissen und macht einer blinden Angst Raum, die wir zuvor nicht sehen konnten. Erst nach langer Zeit des Dämmers fassen wir besseren Mut und beginnen, die Dinge neu zu ordnen.

Ich sehe zwei Löwen: der eine, der Riesenhafte mit der fast schwarzen Mähne – er war es, der den Alten zurück nach Kagamon entließ; der andere, der Kleine, der Listige mit dem orangebraunen Fell – er hat verhindert, dass Donkas den Ort verlässt. Oder so: Ein zweites Mal verschont ein Löwe das Leben eines Mannes und bindet es an Kagamon. So machen sich die Tiere die Menschen untertan und es wird etwas Besonderes notwendig sein, um die Löwen wieder in den Griff zu kriegen.

„Am Ende", sagt der alte Mann, „am Ende stellt sich dann doch immer heraus, dass unser Wissen Stückwerk ist. Wusstest du zum Beispiel, dass es gelbe Wölfe gibt?"

„Von weißen Löwen habe ich ja schon gehört."

„Aber nicht von gelben Wölfen? Einmal traf ein Löwe auf

einen Hund und wollte ihn zerreißen. Der Hund fiel aus lauter Furcht vor ihm nieder. Der Löwe sperrte brüllend sein riesiges Maul auf – da sah er in der Nähe einen gelben Wolf vorübergehen. Das war ihm so unheimlich, dass er verstummte, Angst bekam und sich neben den Hund in den Staub warf. Was er nicht wusste, war, dass der gelbe Wolf seinerseits von alters her den Hund fürchtet. Am Ende lagen alle drei im Staub und keiner versehrte den anderen." Donkas lacht und führt einen Becher an den Mund, um einen Schluck einer Flüssigkeit zu genießen. Der alte Mann sitzt ihm und mir, der ich noch immer in Donkas' Augen auf eine erhellende Bemerkung lauere, lächelnd gegenüber auf einem Holzstuhl mit Lehne. Zwischen uns steht ein grober Tisch. Darauf ein zweiter Becher und ein rotbrauner, glänzender Krug. Über der Szene schwebt ein Dach, wie das einer Veranda, und verdunkelt den Raum ein wenig. Es wird, soweit ich sehen kann, von zwei Pfählen in der Luft gehalten. Der Tisch, das Dach und die Pfähle rahmen das Porträt des Alten. Ihm erwidert Donkas: „Wie hier bei uns, nicht wahr? Wir fürchten Kusi und Blidsa und sie sich vor uns. Ansonsten hätten sie uns schon längst ins Jenseits befördert."

„Oder wir sie."

„In der Tat. Nur, wie lange lässt sich so ein Zustand aufrechterhalten?"

„So lange wie wir nicht die Nerven verlieren. Eine Gefahr übrigens, wie du mir zustimmen wirst, der die Löwen nicht ausgesetzt sind." Der Kopf des alten Mannes bewegt sich ein paar Mal an den oberen Rand meines Blickfelds und ich schließe daraus, dass Donkas nickt. Dann nimmt mein Gegenüber einen Schluck aus seinem Becher und setzt die halbe Antwort fort, indem er mit dem rechten Arm hinter mich deutet: „Wir sollten nicht so dumm sein und das alles aufgeben. Aus Angst oder Panik." Was er mit alles meint, kann ich nur erahnen: Eine Veranda gehört vor ein Haus. Und ein Haus ist nötig, wenn Donkas und der Alte hier zusammenwohnen.

„Da hast du recht", sagt Donkas mit Überzeugung und wechselt dann das Thema. „Morgen muss ich wieder nach Niobé. Unsere Vorräte an Eiern und Milch gehen zu Ende. Außerdem brauche ich einen Wetzstein und neue Klingen für den Hobel. Die alten sind schon wieder verrostet."

„Willst du den Balken also doch ersetzen?"

„Das und im Schuppen einige Regale anbringen, damit endlich Ordnung hineinkommt. Soll ich dir etwas mitbringen?" Der alte Mann sieht auf den Tisch, als befände sich auf ihm eine hilfreiche Notiz: „Wenn es dir nichts ausmacht. Ich könnte ein wenig Tabak gebrauchen."

„Tabak? Du weißt selbst, wie hoch der im Kurs steht. Aber, wenn es sein muss. Noch etwas?"

„Bestimmt. Ich werde schauen und es dir sagen."

Hier nimmt Donkas einen Schluck der kalten Flüssigkeit, die entweder Wein oder Saft sein kann, und fährt sich danach mit dem Handrücken über den Mund. „Und du?"

„Ich werde die Zeit nutzen und nach den Fallen am Fluss sehen. Hatte ich sowieso vor. Siehst du, da fällt mir ein, du könntest Salz und Salpeter mitbringen. Es wird nicht mehr reichen, wenn ich dort Erfolg hatte."

„Kein Problem", sagt Donkas.

„Und falls ich nicht da bin, wenn du zurückkommst, dann war der Fang so reichlich, dass ich gleich ein paar neue Fallen aufstelle ein Stück weiter den Fluss hinauf."

„Ich weiß Bescheid."

Ich nicht, denke ich und löse mich aus Donkas' Augen. Auf dem Bild, das ich sehe, ist noch immer Kagamon zu erkennen. An den Akazien, der roten Erde und an den sehr gelben Gräsern darin. Sonst hat sich vieles verändert, geht es mir verdrießlich durch den Kopf. Eine Holzhütte befindet sich im Zentrum des Platzes. Sie ist etwa fünfmal größer als ihre Vorgängerin aus Lehm, besitzt Fenster in den mir zugewandten Seiten, eine Riegeltür vorn, eine vom Schornstein angedeutete innenliegende Feuerstelle und eine umlaufende, in eine schwarze Tonne mündende Rinne zum Auffangen des Regenwassers. Die Balken und das Dach sind mit einer weißen Farbe bestrichen. Die Veranda nimmt, was ich nicht ahnte, die gesamte Vorderseite der Hütte ein. Sie besitzt darum noch weitaus mehr Pfähle, die ihre Überdachung in der Luft halten, und außerdem ein kleines Geländer.

Hinter der einen Hütte steht ein zweite, kleinere ohne Fenster. Ich vermute, dass sie zur Aufbewahrung verschiedener Geräte oder verschiedener Gefäße dient, in denen vielleicht der begehrte Palmwein gärt und reift. Am äußersten rechten Bildrand ragen ein paar türkisfarbene Palmwedel hinein und ich denke unwillkürlich an das Foto, das mir Donkas hinterlassen hat. In der Nähe des Schuppens stehen die rotbraunen und hellgrünen Akazien nicht so dicht und ich kann noch immer in die endlose Savanne hinaussehen. An allen anderen Stellen aber verdecken entweder die Gebäude oder die Pflanzen den Blick. Das Bild ist jetzt voll und überladen.

Auf der Veranda sitzen der alte Mann und Donkas an einem groben Holztisch, letzterer mit dem Rücken zur Hütte. Auf dem Tisch stehen ein Krug und zwei Becher, die abwechselnd angehoben und geleert werden. Beide Männer tragen Bärte, Donkas einen Hut. Sie haben ihre Beine unter dem Tisch ausgestreckt und sind auf den Stühlen nach vorn gerutscht. Sie reden miteinander, das weiß ich. Ich weiß auch worüber, aber es bringt mich alles nicht weiter. Sie befinden sich längst an einem Punkt, wo die einzigen verhandelbaren Themen Gegenwart und Zukunft sind, und ich kann diesen Wissensvorsprung durch bloßes Sehen nicht aufholen.

Am linken Bildrand, hinten wo die Akazien dicht und schattig zusammenrücken, liegen zwei wilde Löwen auf der roten Erde mit den sehr gelben Gräsern darin. Kusi und Blidsa. Sie bewegen sich kaum, heben nur hin und wieder die Köpfe oder schlagen mit dem Schwanz nach lästigen Fliegen. Haben sicher auch die Augen geschlossen und dösen in der Wärme der Tagesstunde, träumen von fetten Okapis und gerissenen Bongos. Der größere liegt auf dem Bauch, der andere auf der Seite ausgestreckt. Ein bisschen sieht es aus wie auf dem Bild in Paris. Nur dass hier die Fremdheit zur Bedrohung wird. Ihr Anblick überrascht mich allerdings kaum noch, zumal nach den Gesprächen, die ich zwischen Donkas und dem alten Mann belauscht habe. Allein das Zustandekommen dieser Figurenkonstellation will ich nicht recht begreifen. Denn was in aller Welt wollen die Löwen dort? Wie kann ich ihre rege Gleichgültigkeit verstehen? Und seit wann ziehen sie überhaupt menschliche Gemeinschaft den Räuberhöhlen vor, in denen sie sonst hausen? Und weiter: Warum erschießen Donkas und der Alte nicht einfach die Katzen? Setzen sich lieber der ständigen Gefahr aus? Keiner von ihnen ist Androklus oder Dostojewski.

Wenn ich es genau überlege, scheint nur der alte Mann ein Interesse an der Situation zu haben. Denn ist er es nicht gewesen, der auf dem Foto sagte, um die Löwen komme man nicht herum, als Donkas sich schon halb entschlossen hatte, die Sache jagdmännisch zu beenden? Ich wette, der Alte glaubt, dass er Kusi sein Leben verdanke. Oder Blidsa. Dann wäre es selbstverständlich, dass sich der Alte dem Löwen verpflichtet fühlt. Aber wie soll ich jemals hinter die Wahrheit kommen, wenn auf eine Aufklärung durch Donkas oder den alten Mann, wie schon bemerkt, nicht mehr zu hoffen ist? Da schlüpft eine kleine, listige Eingebung durch den morschen Zaun meines Gedankengartens: „Am Ende", lispelt sie verführerisch, „am Ende bleibt auch dir nichts übrig, als Donkas nach Kagamon zu folgen."

„Alla fine", sagt der alte Mann, „alla fine risulta chiaro pur sempre ciò che noi conosciamo solo in parte. Tu dici: Ahi povero me! Perché il Signore ha aggiunto tristezza al mio dolore. Io mi affanno nei miei sospiri, e non trovo alcun riposo. Ma così dice il Signore: Ecco, io distruggo ciò che avevo edificato, e sradico quello che io avevo piantato. E tu cercheresti cose grandi? Non cercarle! Perché, ecco, io faccio venire del male sopra ogni carne, ma io ti darò l'anima tua per spoglia, in tutti i luoghi ove tu andrai." Der alte Mann sitzt auf der Veranda vor einer weiß getünchten Hütte und rezitiert aus einem Buch. Das Buch liegt auf seinem Schoß, aber ein Publikum finde ich nirgends. Und mich kann er nicht meinen. Vielleicht befindet sich jemand in der Hütte. Die Tür ist jedenfalls geöffnet und weist in einen schattigen Raum.

Von der überdachten Veranda führen vier Stufen herunter auf eine bemerkenswert rote Erde. Links neben dem Haus liegt ein kleiner Garten mit verschiedenen grünen Beeten. Drum herum ist ein Zaun. Ich wundere mich, dass in der roten Erde etwas wachsen kann. Andererseits freue ich mich auch darüber, denn auf die eine oder andere Weise werde ich bald etwas zwischen die Zähne bekommen. Noch weiter links führt ein kleiner Trampelpfad hinüber zu den dichten, schattigen Akazien, daran vorbei und in den Wald hinein. Ich müsste dorthin gelangen, denke ich, dann könnte ich auch unbemerkt bis zu den Beeten kommen. Der alte Mann schaut auf und läuft mit den Augen die Reihe der Akazien ab. Dann liest er wieder in seinem Buch, diesmal stumm. Wer weiß, was das für ein seltsamer Klosterbruder ist! Oder wie viele sich noch in der Hütte verstecken! In Afrika bin ich nur selten auf Weiße gestoßen. Aber jedesmal haben sie mich bestohlen, verraten oder geprügelt. Ich halte es für ratsamer, nicht unvorbereitet in eine Begegnung mit dem Alten hineinzustolpern.

Plötzlich klappt er sein Buch zusammen, steht mühsam auf und betritt den dunklen Raum. Stimmen höre ich nicht, nur schwere Schritte auf Holz und zufälliges Poltern. Was hat er vor? Er kann mich nicht entdeckt haben, darauf habe ich geachtet. Aber mit dem Durchforsten der Beete muss ich wohl noch warten, bis ich sicher bin, wie viele dort wohnen und wo sie sich im entscheidenden Moment aufhalten. Da taucht der alte Kauz wieder auf, hat einen dunkelgrünen Rucksack und ein Gewehr auf den Schultern. Außerdem trägt er jetzt Schuhe. Vor der Tür wendet er sich um und schließt sie hinter sich. Dann läuft er die Stufen der Veranda herab und setzt seine Schuhsohlen auf den roten Staub. Wenn ich nicht irre, hat er sich für eine Reise gerüstet. Tatsächlich wendet er sich zur Seite, schreitet am kleinen Garten vorbei und ist kurze Zeit später auf dem Trampelpfad im Wald verschwunden. Noch eine Weile kann ich das Streifen von Blättern, das Knacken von Zweigen und das aufgeregte Rufen eines Hornraben hören. Dann herrscht Stille.

Ich bin verunsichert, ob ich mich der Hütte nähern sollte. Denn es könnte auch eine Falle sein und der Alte genau in dem Moment wieder auf den Platz treten. Andererseits bin ich sehr hungrig. Als Kompromiss zähle ich leise bis zehn und verlasse dann mein Versteck hinter dem wilden Teestrauch. Ich laufe gebeugt und schnell über die wellige rote Erde bis hin zu den lockenden Beeten und hocke mich neben den Zaun. Ich warte wieder und lausche, aber nichts rührt sich. Da setze ich mit einem Sprung über den Zaun und beginne hastig, Pflanzen und Früchte auszureißen: Möhren und Mais. Die kann ich essen. Aber die Bohnen sind noch nicht reif. Und alles andere sieht aus wie Kartoffeln, Roggen und Hirse. Diese Ausbeute wird mich kaum satt machen, finde ich. Wie von weither fällt mir ein Satz ein, den ich in einem anderen Leben gelungen fand: Ich will im Sommer nicht wieder mit so viel Fleiß Bohnen und Mais bauen, sondern – vorausgesetzt, dass es mir nicht daran gebricht – Aufrichtigkeit, Wahrheit, Schlichtheit, Vertrauen, Unschuld und dergleichen als Saat ausstreuen und sehen, ob sie nicht auf diesem Boden, selbst bei geringer Mühe und Plage, fortkommt und mich erhält, ist doch der Boden für solche Früchte gewiss noch nicht erschöpft. Aber ich denke nicht darüber nach und beschließe, in der Hütte nach mehr Essbarem zu suchen.

Ein zweites Mal springe ich über den Zaun und gleich darauf über das Geländer der Veranda. Erneut halte ich inne, doch wieder ist nichts zu hören. Gebeugt, sodass meine Hände den Boden berühren, eile ich hinüber zur Tür und schiebe ihren Riegel vorsichtig beiseite. Die Tür öffnet sich langsam und knarzend ein Stück und bleibt dann stehen. Immer noch ist alles still. Ich schlüpfe hinein und schließe die Tür hinter mir, verriegle sie von innen. Drinnen ist es nicht so dunkel, wie es von draußen den Anschein hatte. Vier Fenster zu drei Seiten lassen genügend Licht einfallen. Auf den Fensterbrettern stehen etliche Schachteln und Dosen. In manchen stecken Werkzeuge, in einer dickbauchigen eine Anzahl Besteck. Unter dem Fenster zu meiner Rechten steht ein Waschtisch mit einer großen, weißen Schüssel darauf. An der Wand daneben hängen Handtücher und Lappen. Darunter wartet ein kleiner Hocker. Andere Haken tragen keine Last. Ein Stück Seife vermute ich in einer elfenbeinernen Schachtel hinter der Schüssel. In der Mitte des Raumes befindet sich ein Tisch, flankiert von zwei Stühlen. Mit ihren Beinen halten sie einen fleckigen Teppich fest. Auf dem Tisch stehen Teller und eine leere Pfanne. Im hinteren Teil des Raumes, an der Wand, die kein Fenster besitzt, sehe ich zwei Betten oder Liegen oder irgendetwas dieser Art. Über ihnen je ein Moskitonetz. Ihre zueinander gerichteten Kopfenden klemmen einen Tisch ein, der eine Öllampe und das Buch trägt, das der alte Mann vorhin auf dem Schoß hatte. Die Decken sind zurückgeschlagen, die flachen Kissen zerwühlt. Den linken Teil des Raumes nehmen drei Regalschränke ein. In ihnen kann ich näherkommend Kleider, Stoffe, Geschirr, Schachteln, Kannen, Messer, Kerzen und endlich auch etwas zu essen entdecken. Ein Fach enthält Mehl, Zucker, Kaffee, Salz und Ähnliches, ein anderes Butter, Käse und Brot. Während ich hastig hinunterschlinge, was ich zuerst erreiche, schaue ich mich weiter um. Zwei Fenster gehen auf die Veranda hinaus, jeweils eins zu beiden Seiten der Eingangstür. In der jetzt entfernteren Ecke stehen Säcke und Körbe, in dieser ein kleiner Backofen. Neben ihm außerdem eine offene Feuerstelle. Ganz nett, denke ich und lasse mir das Brot schmecken.

Später setze ich mich an den Tisch, schiebe die Teller zur Mitte, nehme das Buch und blättere darin, während ich in der anderen Hand ein Stück Käse halte. La Sacra Bibbia steht in goldenen Buchstaben auf dem Einband und drinnen kann ich Namen wie Samuele und Giobbe lesen. Es handelt sich also um eine dicke italienische Bibel. Ein kleines graues Foto öffnet das Buch Jeremia an rot angestrichenen Versen: Tu dici: Ahi povero me! Das hat der alte Mann den Akazien und Teesträuchern vorgetragen. Aber ich verstehe kein Italienisch, schaue mir lieber das Foto an. Eine kleine Familie ist darauf abgelichtet: grüne Eltern, selbst noch Kinder, zwei Mädchen, ein Junge. Die Kleinen sind nicht älter als drei oder vier Jahre, denke ich. Sie sind alle kurzärmlig, in halben Hosen und Röcken. Stehen auf einer Wiese zwischen blühenden Obstbäumen. Weiter hinten wartet ein Korb, vielleicht mit Äpfeln gefüllt. Die Gesichtszüge des Mannes sind sehr fein. In Italien und Griechenland habe ich schon einmal solche Gesichter gesehen. Seine Brauen wölben sich nur wenig über den braunen Augen. Die Nase des Mannes besitzt den Anflug eines Höckers, der ihren perfekten Bogen erst möglich macht. Auch seine Lippen sind sehr fein, fast nur angedeutet. Das Kinn energisch, die Wangen ein bisschen leidend und die Ohren zart wie

Pergament. Die Frau und die Kinder sehen dem Mann ähnlich, nur die Ausdrücke auf ihren Gesichtern und die Haarschnitte sind anders. Die Kinder scheinen verträumt und unaufmerksam, die junge Frau schüchtern. Sie hält die Mädchen bei den Schultern gefasst. Das größte Kind, der Junge, steht vor dem Vater. Er hat die Daumen beider Hände hinter seinen ledernen Hosengürtel geklemmt und schaut den Fotografen offen an.

Ich habe den säuerlichen Käse aufgegessen und stecke das Foto an seinen Platz. Auch das Buch lege ich wieder dahin, woher ich es genommen habe. Dann wickle ich den Rest des Brotes und zwei Butterstücken in ein Tuch ein, greife mir aus einem Regal eine Glasflasche mit gelblichweißer Flüssigkeit und verlasse die Hütte. Draußen schiebe ich den Riegel vor. Dann mache ich noch einen kurzen Umweg über den Garten, fülle ein paar Möhren und Maiskolben in mein Bündel und erreiche gesättigt, gut bevorratet und voller Glück mein sicheres Versteck unter den Bäumen. Ich nehme mir nicht vor, gleich weiterzuziehen. Denn wer weiß, wann der alte Mann wiederkommt. Wenn er ein paar Tage fortbleibt, kann ich mir noch einmal von den Vorräten nehmen. Nur zu nah bei der Hütte darf ich nicht bleiben, wenn ich mich nicht erwischen lassen will.

Es ist bereits die zweite Nacht und noch immer bin ich allein. In der ersten träumte ich von einem Löwen. Der sprang hinter einem Strauch hervor und sprach, er wolle sich von mir taufen lassen. Ich fragte nach seinem Bekenntnis und als er es mir gegeben hatte, gingen wir hinüber an einen tiefen Bach, wo ich ihn im Namen des Vaters unter-tauchte. Als ich allein weiterging, fiel ich in die Hände von Räubern und wurde in einen dunklen Raum gesperrt. Dort hörte ich gehässiges Lachen und Füßescharren. Dann ging das Licht an und ich sah mich wieder dem Löwen gegen-überstehen. Auf einer Empore saßen die Räuber und beob-achteten uns voller Freude, weil sie glaubten, der Löwe würde mich fressen. Ich blickte den Löwen fest an und fragte: „Löwe, bist du der, den ich getauft habe?" Er antwor-tete: „Ja." Dann fiel Hagel von der Decke und erschlug die Räuber, nicht aber den Löwen oder mich. Befreit traten wir hinaus. Ich blieb stehen, der Löwe ging in das Gebirge. Selt-same Geschichte. Aber ich erkenne die Spuren, die das Buch des Alten darin zurückgelassen hat.

Als ich heute Morgen erwachte und mich vom Rücken auf den Bauch drehte, sah ich noch einen Löwen. Der war echt und stand hinten bei den Okropalmen. Er sah alt und krank aus. Sein Fell war dunkel, die Mähne fast ausgefallen. Und sicherlich befanden sich seine Sinne in miserablem Zu-stand, sonst hätte er mich wahrgenommen. Stand kaum ein paar Minuten dort, lief dann hinüber zu den Akazien und trottete schließlich in Richtung Savanne weiter. Ich habe mich trotzdem sehr erschrocken und mein Herz hat wie wild auf den Erdboden eingeschlagen, sodass ich befürch-ten musste, der Löwe könnte das Wummern bemerken.

Dann habe ich das gestohlene Essen aufgebraucht. Morgen früh werde ich noch einmal zur Hütte laufen und mein kleines Bündel füllen müssen. Von dem Palmwein will ich ebenfalls noch ein oder zwei Flaschen bekommen. Denn er hat mich recht gut über den zweifachen Löwenschock hinweggetragen.

Jetzt ist der Nachthimmel sternklar. Ich denke, da oben schaut noch ein Löwe, ob er mich nicht verschlingen könnte, und zum ersten Mal sorge ich mich, ohne Schutz hier draußen zu schlafen. Denn ich befürchte, der alte Löwe könnte wieder auftauchen oder sonst ein hungriges Großwild. Die vier Wände da drüben würden mich besser behüten. Aber kann ich denn sicher sein, dass der alte Mann nicht zurückkehrt? „Ach, es nützt nichts", sage ich laut und denke: Hauptsache, ich werde nicht gleich gefressen. Dann laufe ich ein zweites Mal zur Hütte, lege mich drinnen auf eines der Betten und schlafe sofort ein.

Als ich meine Augen öffne, ist es in der Hütte schon hell. Ich liege mit dem Gesicht zur Wand und habe die Decke bis zu den Ohren hinaufgezogen. Es riecht nach Essen. Mein Magen, das fühle ich, kreist um ein Loch und ich stelle mir vor, wie es wäre, eine Palatschinke mit Marmelade zu essen. Mein Bauch grummelt wie ein gefoppter Bär. Vorsichtig drehe ich mich auf den Rücken und versuche, ihn mit beiden Händen am Ausbrechen zu hindern. Mal sehen, was die Küche noch hergibt, sage ich ihm.

„Ho cotto due uova", sagt plötzlich eine männliche Stimme und ich erstarre vor Schreck. „Spero che siano buone." Vor mir steht ein anderer als der, den ich wegen des Italienischen erwartet habe. Er ist mit einer alten, professoralen

Kordhose bekleidet, die von Trägern auf grau behemdeten Schultern gehalten wird. Auf seinem runden Kopf sitzt ein Hut. Am anderen Ende steckt er in weißen Turnschuhen. Das Hemd trägt er hochgekrempelt. Wegen der Temperatur, vermute ich. Ein roter Bart verdeckt sein Gesicht zum größten Teil. Nur eine kräftige Nase, starke Wangenknochen, weit in den Höhlen liegende Augen und ein Lächeln kann ich ohne Probleme erkennen.

„Es tut mir leid, ich...", stottere ich überrascht.

„Brüderchen?", sagt da der andere auf Tschechisch – der einzigen Sprache, die ich beherrsche und verstehe – und zwar in einem Ton, als wollte er tatsächlich nach dem Verwandtschaftsgrad fragen. Ich sehe ihn verständnislos an. „Brüderchen!" Da liege ich schon in seinen Armen. „Das habe ich nicht mehr für möglich gehalten, dass ich noch einmal mein geliebtes Tschechisch hören darf." Ich sage nichts. „Hast du eine Ahnung, wie lang das her ist? Und wie gut es sich anhört? Du musst wissen, ich habe vor sehr vielen Jahren meine Heimat verlassen, aber davor habe ich im schönen Hádanka gewohnt. Ach, ist das wunderbar! Aber sag doch was!"

„Hádanka?"

„Jaja. Nein, ich meine, erzähl mir von dir! Woher kommst du? Was machst du hier? Ach, und komm, ja? Die Eier werden sonst ganz kalt. Setz dich hierher und iss erstmal! Lass es dir schmecken. Und nun sag, Brüderchen, was bringt dich her?" Ich stehe auf, folge seinem ausgestreckten Arm und setze mich auf einen der beiden Stühle. Langsam fülle ich meinen Mund mit den Eiern, die wirklich ganz ausgezeichnet schmecken. Dann fasse ich ein bisschen Vertrauen und beginne zögerlich: „Ich heiße Jan und komme aus Otec."

„Jan aus Otec! Mein Name ist Donkas. Herzlich willkommen!"

„Danke." Ich bin noch immer verwirrt. Die ausgelassene Fröhlichkeit des Fremden bringt mich ganz durcheinander. „Es tut mir leid", sage ich, „ich bin nur wegen des Löwen hereingekommen."

„Selbstverständlich! Unsere Hütte steht jedem offen."

„Unsere?"

„Ja, außer mir wohnt noch ein alter Italiener hier. Das Bett, in dem du geschlafen hast, gehört ihm. Zurzeit ist er Richtung Amezó unterwegs, um ein paar neue Fallen aufzustellen. Im Laufe des Tages oder vielleicht auch morgen ist er sicher wieder zurück. Bis dahin, Brüderchen, haben wir eine Menge Zeit. Du kannst mir ausführlich von unserer Heimat erzählen. Und natürlich auch, wie du hierher gefunden hast. Einverstanden?"

Einverstanden. Denn ich finde Gefallen an diesem Donkas und so sehr ich mich auch danach umschaue, ich finde nichts, was auf eine List hindeuten könnte. Warum also nicht einmal zur Abwechslung ein bisschen Gastfreundschaft genießen? Und in meiner Muttersprache reden. Ich esse weiter, trinke köstlichen Kaffee und erzähle: „Seit einigen Monaten reise ich durch Afrika. Von Tanger aus habe ich mich quer bis nach Bamako durchgeschlagen. Und wurde in Toschi von zwei idiotischen Weißen ausgeraubt! Ohne Papiere musste ich zurück bis nach Avatókala. Da hat mich wieder ein Weißer dran bekommen. Denunziert hat er mich, weil wir uns vorher in einer Bar wegen irgendwas in den Haaren hatten. Also kam ich ins Gefängnis. Nach drei Tagen brachen da welche aus und ich natürlich hinterher. Habe dann nach dem Verräter gesucht, um es ihm heimzuzahlen, und ihn leider nicht allein angetroffen. Die Typen haben mich ziemlich hart verprügelt. Naja, immer noch besser als wieder in den Knast. Seitdem befinde ich mich sozusagen auf der Flucht, ohne Papiere und vogelfrei."

„Das ist ja eine Geschichte!" Donkas starrt mich mit offenem Mund an und scheint, mir nicht zu glauben. „Wenn mir so was passiert wäre, hätte ich mich keinen Schritt mehr irgendwohin bewegt." Ich lächle unverbindlich. „Jedenfalls bist du jetzt hier, das ist gut." Ich werde wieder misstrauisch. Was meint er? Habe ich zuviel verraten? „Hier wird keiner nach dir suchen. Alles was du brauchst, kannst du hier finden." Welche Vorstellungen hat er von dem, was ich brauche? Könnte mich interessieren. Nur, dass mich keiner suchen wird, hört sich verdammt nach einer Falle an. Aber weil er mich so sehr umsorgt, mir jetzt noch einmal Kaffee nachgießt und mich die ganze Zeit über anstrahlt, muss ich mich doch beruhigen. Wer verjagt schon die Hyäne, wenn er gerade isst.

Später erzähle ich ihm von den großen Tagen unserer Tschechoslowakischen Republik. Wie Novotný von Dubček und Dubček später von Husák abgelöst wurde, wie die Russen und die Deutschen unseren Frühling einfroren und Svoboda vom Hradschin aus nach Leuten spähte, die über die Kälte klagen wollten. Donkas ist erstaunt und weiß nicht, was er antworten soll. „Schau", sage ich, „unser silberner Löwe kann keinen verschlingen. Mag er auch noch so viele Schwänze haben." Inzwischen sitzen wir draußen auf der Veranda und trinken kalten Tee mit Zucker. Wir haben die Stühle nebeneinandergerückt und unsere Füße an das Geländer gelehnt. Der Himmel ist babyblau und die Wärme hat sich auf uns gelegt wie eine seidene Decke oder eine schöne Erinnerung. Hier habe ich endlich Freiheit gefunden!

Plötzlich bemerke ich einen riesigen Löwen, in ganzer Länge sichtbar, das mächtige Haupt erhoben und der Hütte zugewandt. Keine hundert Meter befinden sich zwischen ihm und uns. Ich erschrecke jämmerlich. Donkas aber legt mir seine große, starke Hand beruhigend auf den bleichen Arm. Ich fühle, wie meine Beine taub werden und traue mich nicht, auch nur einen Finger zu bewegen. Der reglose, ockerfarbene Löwe mit der fast schwarzen Mähne beobachtet mich ausdruckslos. Und mir kommt in den Sinn, dass der Wind ungünstig steht, Witterung hinüberträgt. Da setzt sich der Löwe langsam in Bewegung, trabt gemächlich zu einer nahen Baumgruppe, lässt sich dort in aller Ruhe nieder und leckt endlich seine Pfoten.

„Das ist Kusi", sagt Donkas, „nur keine Angst." Keine Angst? Ich kann keinen Ton herausbringen, so sehr habe ich Angst.

„Er gehört hierher, war schon hier, bevor ich herkam. Der alte Italiener glaubt, ihm sein Leben zu verdanken. Deshalb lassen wir ihn auch da, wo er ist." Ich öffne und schließe meinen Mund blöde wie ein stummer Fisch im Aquarium. „Ich weiß, was du denkst. Aber er ist nicht gefährlich. Vertrau mir, Jan. Ganz ungefährlich." Dabei tätschelt seine Hand meinen Arm, der immer noch weiß ist, wie die getünchten Hüttenwände.

„Aber", bringe ich stotternd hervor, „aber ihr könnt doch nicht neben einem Löwen leben! Das sind keine hundert Meter von hier bis dort!"

„Keine Angst, er ist ungefährlich." Er spricht langsam und deutlich wie zu einem ungelehrigen Kind.

„Ich glaub es aber nicht", schreie ich ihn an.

„Jan, hör zu! Dieser Löwe lebt seit fast zwanzig Jahren hier, zuerst mit dem Italiener, dann auch mit mir. Er wird es bestimmt auch mit dir aushalten." Ich sehe hinüber und kann mich tatsächlich ein wenig beruhigen, denn der Löwe nimmt überhaupt keine Notiz von uns.

„Er ist also euer Haustier, ja?" Wegen der Angst in meiner Stimme, kann man die Bissigkeit kaum heraushören.

„So was in der Art. Nur, dass wir uns nicht um ihn kümmern. Wir interessieren uns nicht füreinander. Das ist hier draußen die solideste Grundlage fürs Überleben." In die kurze Pause fällt mein ungläubiges nervöses Lachen. „Ich hätte dich warnen müssen, das stimmt. Aber für uns sind die Löwen nichts Besonderes mehr."

„Die Löwen?", falle ich ihm betont ins Wort.

„Ja, die Löwen. Kusi und Blidsa. Sie sind zu zweit. Der Ockerfarbene dort und der Orangebraune, den du gestern gesehen hast."

„Der Löwe, den ich gesehen habe, war nicht orange. Er war alt und hatte dunkles Fell."

Donkas nimmt seine Füße vom Geländer und wendet sich zu mir. „Du hast einen alten Löwen gesehen?" Ich nicke. Er lehnt sich zurück und atmet tief. „Dann sind es inzwischen drei."

„Das ist ja wie im Zoo!"

Da muss Donkas lachen: „Du hast Recht. Und auch hier gibt es Gitter, die uns beschützen. Selbst wenn du sie nicht sehen oder anfassen kannst. Aber dass sie da sind, beweist unser jahrelanges Überleben. Vielleicht ist der Platz hier heilig, oder irgendein Voodoo hält ihnen immer genau dann das Maul und die Augen zu, wenn wir in ihrer Nähe sind. Ganz egal. Wichtig ist nur, dass es schon immer so war und wir uns deshalb absolut keine Sorgen machen müssen." Überzeugt bin ich nicht. Denn nichts existiert ohne eine Ursache. Zwar reichen unsere Vorstellungen nicht weiter als unsere Erfahrung, aber wo es im Geringsten an der Gleichartigkeit der Fälle fehlt, da nimmt die Stärke des Beweises entsprechend ab. So habe ich es gelernt und lang werde ich deshalb nicht bleiben. Das steht nun unumstößlich fest.

„Hast du dich jemals ernsthaft gefragt", will ich dann noch wissen, um einmal mehr auszuschließen, dass mir eine Falle gestellt ist, „warum die Löwen hier sind?"

„Natürlich habe ich das. Sehr oft musste ich über die Löwen nachdenken. Nicht nur über ihre Anwesenheit, sondern auch über ihr fremdartiges, undurchsichtiges Verhalten. Manchmal bin ich vor lauter Verzweiflung dem Orangefarbenen gefolgt, bis ich endlich eine seiner Höhlen gefunden hatte. Aber auch dort war nichts Auffälliges, nichts. Nicht einmal die Spur eines Hinweises auf sein merkwürdiges Verhalten. Und wie lange habe ich hier gesessen und ihnen zugeschaut! Habe gehofft, wenn sie mich mit ihren grünen Augen anstarrten, dann würde ich vielleicht etwas darin lesen können, etwas von dem Dahinter erahnen mögen. Aber alles ohne den geringsten Erfolg. Bis ich begriff, dass Löwen keine planenden und denkenden Wesen sind und ihnen gar nichts seltsam vorkommt, wenn sie dort unter ihrer Akazie liegen und wir hier drüben bei einem kalten Tee sitzen. Danach habe ich angefangen, über mich nachzudenken. Und natürlich auch über den alten Italiener. Ich habe mir Fragen gestellt, mir das Hirn zermartert: Wieso wir hier sind, was in unserem Leben auf Löwen hindeuten könnte (Übrigens bin ich dir dankbar für den Silbernen, den du vorhin erwähntest, der war mir bisher entgangen.), was wir getan hätten, womit wir die Löwen verdienten. Aber auch da entdeckte ich keine Antwort, keine versteckten Hinweise, keine Parallelen. Nicht mal im passenden Sternzeichen ist einer von uns geboren. Und doch gehören wir zusammen. Ich kann es nun einmal nicht anders sagen."
Ich habe nicht mit solcher Hingabe und Offenheit gerechnet. Ganz im Gegenteil habe ich als Antwort auf meine Fra-

ge nur ein verlegenes Achselzucken erwartet, das mir Grund für weitere Vorwürfe an die Hand geliefert hätte. Jetzt bin ich ein wenig ratlos, ob ich Donkas trösten oder für sein Versagen zurechtweisen soll. Was mag in einem Menschen vorgehen, was sich verändern, wenn er nachts auf seinem Bett liegt und hört, wie sich ein Löwe am Haus die Schulter kratzt? Wer wüsste nicht, dass der weiche Gang geschmeidig starker Schritte, der sich im allerkleinsten Kreise dreht, ist wie ein Tanz von Kraft um eine Mitte, in der betäubt ein großer Wille steht? Ich kann es aufsagen, aber es bedeutet so viel mehr. Und ich stelle mir eine Fliege vor, die in so einer Nacht zu Donkas hineinfliegt, unter das Moskitonetz schlüpft. Ich stelle mir vor, wie seine Wange zuckt, wenn sich die Fliege darauf niederlassen will. Und frage mich, ob er zuschlagen würde oder nicht, ob man das Leben mehr würdigt, wenn man seinen Löwen kennt. Halt still, alter Dschinn!

Wir sehen eine Weile schweigend hinaus, verfolgen Kusis Bewegungen mit den Augen. In den Akazien hängt ein leichter Wind und raschelt Regen herab. Aber der Himmel ist noch immer strahlend blau. Da wird nichts kommen, denke ich, und nehme den letzten Schluck kalten Tees aus meinem Becher. Auf seinem Boden bleibt ein kleiner Zuckerhaufen zurück, was ich bereue. Donkas kippelt mit seinem Stuhl, indem er sich mit den Füßen in kurzen Intervallen vom Verandageländer abstößt. Sein Becher steht neben den Füßen. Längst leer und bestimmt ohne Zuckerrest. Ich schiele zu ihm hinüber, sehe ihn mit hinter dem Kopf verschränkten Händen, die Augen halb geschlossen. In Höhe seiner Nase kann ich im Garten eine Bohnenranke ausmachen. Und dort, wo seine Stirn aufhört, beginnt drüben der Wald. Genau da, wo es jetzt eigenartig raschelt.

Die Blätter und Zweige, die hinten den kleinen Trampelpfad verstecken, teilen sich und in den Schatten der rotbraunen und hellgrünen Akazien tritt der alte Mann. Sein Kopf ist ein weißer Punkt auf einer blauen Säule, die Schuhe treten auf die rote Erde hinaus. In der Hand, mit der er das Gebüsch beiseite drückt, hält er ein Gewehr, in der anderen eine über seine rechte Schulter fortragende Stange. Die Spinnenweben um sein Kinn teilen sich leicht und es ertönt ein freudiger Ruf: „Ciao, Donkas!"

Donkas stemmt die Beine an die Dielen und hat sich schon halb zu dem Rufer hin umgedreht. Gleich danach springt er auf und antwortet: „Ciao, Daniele, come stai?" Dann ist auch er auf der roten Erde und läuft dem alten Mann entgegen. Ich erhebe mich, bleibe aber stehen. Sehe, wie sich beide umarmen und Donkas nach einem kurzen Wortwechsel die Stange aufhebt, die der Alte zuvor wegen der Begrüßung auf den Boden hatte sinken lassen. Jetzt kommen sie zu mir gelaufen, der alte Mann blickt mich offen an, während Donkas zu ihm gewandt Italienisch redet.

„Darf ich vorstellen?", fragt er rhetorisch und nicht ohne einen amüsierten Unterton. „Jan", fügt er an, indem er auf mich zeigt, und „Daniele", indem er dem alten Mann auf die Schulter fasst. Daniele reicht mir seine Hand und ich schlage lächelnd ein. „Ich habe ihm gesagt", erklärt mir Donkas, während der alte Mann die Hütte betritt, „dass du aus meiner Heimat kommst und leider kein Italienisch verstehst. Aber ich werde für euch übersetzen." Ich deute durch ein Nicken an, dass ich einverstanden bin, dann beobachte ich die beiden, wie sie drinnen inspizieren, was Daniele auf seiner Schulter hergetragen hat. Es handelt sich ohne Frage um eine Gazelle. Ich lehne mich an das Verandageländer, während sie mich für eine Weile vergessen.

Mir kommt noch einmal eine Geschichte aus dem Buch des Alten in den Sinn. Als Daniele vor seinem Gott niederfiel, geht es mir durch den Kopf, obwohl es ihm der König streng verboten hatte, da verrieten ihn seine Feinde und er wurde vor den Thron zitiert. Er leugnete nicht, sich dem Befehl widersetzt zu haben. Löwenherziger Daniele! Und wurde bestraft, wie es einem so mutigen Mann gebührt: Man warf ihn in die Löwengrube. Dort ließ man ihn, bis eine ganze Nacht vergangen war. Am anderen Morgen kamen seine Feinde, um zu sehen, wieviel Blut geflossen war, und ob es etwa irgendwo noch Reste des Juden gab, die zu Trophäen verarbeitet werden konnten. Wie aber waren sie erstaunt, als sie Daniele lebendig inmitten der Löwen erblickten! Nein, ich muss es anders sagen: Wie aber war ich erstaunt! Denn erst zu der bestimmten Zeit trifft ein, was du siehst. Aber es drängt schon zum Ende und ist keine Täuschung. Wenn es sich verzögert, so warte darauf, denn es kommt, es kommt und bleibt nicht aus.

„Jan, komm und setz dich zu uns!" Ich schrecke auf. Meine

Gedanken hatten mich gefangen, als hielten sie mich leibhaftig fest! Deshalb habe ich es überhört, als Donkas und der alte Mann mit einem dritten Stuhl auf die Veranda hinaustraten. Inzwischen haben sie die Gazelle zerlegt, mit Pökelsalz eingerieben und eingelegt. Ein blutiger Geruch schwebt über allem Holz und beißt mir in die Nase. Vielleicht wollte die Gazelle fliehen und konnte nicht entkommen.

„Jan, hörst du? Komm her zu uns! Wir wollen auf deine Ankunft anstoßen."

„In Kagamon?", platze ich heraus wie aus einem Traum aufgeschreckt.

„Kagamon?" Während Donkas das Wort wiederholt, sieht Daniele mit gerunzelter Stirn zu mir herüber. Sein Gesicht hat keine Ähnlichkeit mehr mit den Menschen auf dem Foto in La Sacra Bibbia.

„Entschuldige. Ich weiß selbst nicht, warum ich das gesagt habe. Seltsam, ich weiß nicht mal, was es bedeutet."

„Ich auch nicht." Donkas winkt ab und schlägt dann zweimal auffordernd mit der flachen Hand auf die leere Sitzfläche des Stuhles neben ihm. Nur Daniele hört nicht auf, mich anzusehen. Ich setze mich, drehe mich unwillkürlich ein wenig von Daniele weg und Donkas zu. „Ich wollte sagen", beginnt er wieder, „dass wir uns freuen, ein bisschen Gesellschaft hier draußen zu haben."

„Donkas", unterbricht ihn der alte Mann und hält ihn am Arm fest, „come fa lui a conoscere questa parola?"

„Non lo so", erwidert Donkas, sieht darauf mich an und

sagt: „Daniele fragt, woher du das Wort kennst." Aber ich weiß nicht, was ich erwidern soll. Kagamon? Ich kann mich nicht erinnern, es jemals gehört zu haben. Was ist das überhaupt, Kagamon? Meine Gedanken rufen Szenen aus meinem Leben zurück und ich betrachte und horche sie aus. Aufmerksam. Nach allen Seiten und Richtungen. Aber ich finde nichts. „Sag ihm, ich weiß es nicht!"

„Lui dice che non può ricordarsi." Donkas wendet sich dem alten Mann zu und ich habe das Gefühl, als wäre ich bei einem Verhör. Was habe ich verbrochen? Am Ende werfen sie mich noch den Löwen vor.

Da beginnt der alte Mann einen langen Monolog, den er mit der Bewegung seines Kopfes untermalt, der mal zu mir, mal zu Donkas sich wendet. Seine Hände liegen übereinander auf dem Tisch. Die Augen sehen durch uns hindurch in die Vergangenheit, wie ich annehme. Denn an der Art seines Sprechens, seines Betonens, erkenne ich den aufrichtigen Versuch, uns eine Erinnerung mitzuteilen. Was er sagt, bleibt mir dennoch völlig unverständlich. So gewinne ich etwas Zeit, um Donkas zu betrachten. Er lauscht den Ausführungen des Alten aufmerksam, damit er mir das Wichtige übersetzen kann. Warum er wohl hier seit Jahren mit einem anderen Mann zusammenlebt? Was ihn an Daniele binden mag?

Dann verstummt der alte Mann, sieht zu Boden. Und Donkas wendet sich langsam zu mir, bedenkt seine Worte. Während er redet, wird sich Daniele eine Pfeife anzünden, hinausschauen auf den Platz mit der sehr roten Erde und den gelben, unregelmäßigen Linien darin. Jetzt bin ich es, der sich abwechselnd dem einen und dem anderen zuwendet. Donkas berichtet, dass der alte Mann vor vielen Jahren beschlossen habe, Tikófe zu verlassen – so der Name des Ortes, an dem wir uns befinden, und was nichts weiter als ehemalige Siedlung bedeutet – weil es ihm zu einsam geworden sei und er woanders auf einen Neuanfang gehofft habe. Aber schon wenige Kilometer von hier sei er zwei eingeborenen Frauen begegnet, die sich über sein Aussehen derart erschrocken hätten, dass sie laut zu jammern begannen. Sie hätten ihn für eine Vision gehalten und immer wieder: „Kagamon, kagamon" gerufen, was Vater, der uns erkennt, bedeutet. Auch er habe das als ein Zeichen gedeutet, die Beine in die Hand genommen und sei schnurstracks wieder nach Tikófe zurückgekehrt, um für immer an diesem Ort zu bleiben.

Donkas schweigt. „Umso seltsamer, dass ich dieses Wort ausgesprochen habe", erwidere ich auf den für mich wenig aufschlussreichen Bericht.

„Und noch mehr, dass du es mit Daniele in Verbindung gebracht hast", ergänzt Donkas. „Das erinnert mich übrigens an eine Geschichte, die ich vor vielen Jahren in der Zeitung gelesen habe. Da haben zwei Franzosen in Paris mit der Sprengung der Freiheitsstatue gedroht. Und die Sûreté hat sofort New York alarmiert. Die ganze Welt war in heller Aufregung: Evakuationen wurden eingeleitet, Liberty Island völlig abgesperrt und die gesamte Schifffahrt eingestellt. Dann haben sich die beiden Franzosen noch einmal gemeldet und kleinlaut zugegeben, dass sie nicht diese Freiheitsstatue gemeint hätten, sondern das um vieles kleinere Original in der Seine." Ich lächle irritiert, der alte Mann sieht noch immer in die Vergangenheit und genießt seine Pfeife. „Ich meine", bemüht sich Donkas um Verständlichkeit, „dass es sich bei Kagamon um ein ähnliches Missverständnis handelt, wenn du dachtest, es sei der Name dieses Ortes, und Daniele sagt, die zwei Frauen hätten ihn so genannt."

„Du vergisst, dass ich so etwas nie gedacht habe", erkläre ich, bevor er mir irgendetwas einzureden versucht. „Ich kenne das Wort nicht, hätte nie auch nur gedacht, dass es in irgendeiner Sprache tatsächlich existiert. Und ich bin ebenso wenig hierhergekommen, weil ich annahm, der Ort hieße Kagamon, wie ich einen anderen hierhergeschickt habe, damit es sein Schicksal werde."

„War ja nur so eine Idee von mir."

Da wendet sich der alte Mann wieder zu uns und unterbricht Donkas' Rechtfertigung: „Che cosa lui dice? È successo qualcosa del genere a lui?"

„No, non ha mai sentito questa parola", entgegnet Donkas und der alte Mann macht ein erstauntes Gesicht. Dann sieht er mich direkt an und fragt: „Mai? Quando ho capito che cosa significa questa parola, mi sono venuti in mente i miei bambini."

„Er sagt", erklärt Donkas, „er habe an seine Kinder denken müssen, als er die Übersetzung des Wortes herausfand." Dann berichtet er mir, dass der alte Mann in Italien Vater von drei Kindern gewesen sei.

„Was ist mit seinen Kindern geschehen?"

„Er hat sie verloren. Alle drei. Und seine Frau noch dazu."

Ich sehe den alten Mann an und sage ihm, dass es mir Leid tut wegen seiner Frau und seiner Kinder. Donkas übersetzt. Da wendet Daniele ein, dass es schon ein paar Jahre her sei. Aber er lächelt nicht, während er das sagt. Er habe sie nie vergessen, aber sich entsinnen und an jemanden denken seien zwei verschiedene Dinge in seiner Sprache. Ich entsinne mich des Familienbilds in der Bibel und stelle mir vor, wie Daniele einen nach dem anderen der darauf abgelichteten Personen zu Grabe tragen musste. Wie grausam es wohl ist, als einziger zu überleben?

Doch sieh! Sagt der alte Mann. Wenn wir begriffen haben, dass nichts ewig währt, dann haben wir genug verstanden für ein ganzes Leben. Da kommt zum Beispiel einer und redet von der Wirklichkeit, die er immer wieder gesehen haben will, die er formt, mit Bedeutung füllt und sich vorstellt. Er hält sie im Grunde für etwas Plastisches, etwas, das er wie Brot oder Steine anfassen kann. Wenn ich ihm dann erzählte, dass wir zwischen hungrigen Löwen saßen und doch nicht gefressen wurden, was sagte er dazu? Er wird es abtun, bis er selbst einen brüllenden Löwen gesehen hat. Aber am Ende, sagt der alte Mann, müssen wir lernen, mit Stückwerk zu leben.

„Wie hat Daniele seine Familie verloren?", frage ich Donkas, als wäre es selbstverständlich, dass er es mir mitteilt. Aber Donkas antwortet, er wisse es nicht.

„Frag ihn für mich", bitte ich ihn sogar. Und Donkas sieht mich einen langen Moment an. Überlegt wohl, ob er meiner Forderung nachkommen darf. Dann wendet er sich mit ein paar italienischen Worten an Daniele. Er schaut zu mir und wartet einen quälend langen Augenblick. „Te lo dirò quando sarà arrivato il tuo leone."

„Er sagt, dass er es dir erzählt, wenn dein Löwe da ist."

„Mein Löwe?"

Donkas nickt. Dann erklärt er: „Ich hab dir doch gesagt, dass der große Löwe dort drüben", und er weist mit der Hand nach Kusi, „hier solange lebt wie Daniele. Blidsa, der Orangefarbene, von dem ich dir auch erzählt habe, ist mit mir hier angekommen. Wir glauben deshalb, dass ein dritter Löwe, dein Löwe, da unter den Akazien seinen Platz findet, wenn es entschieden ist, dass auch du bleibst."

„Sag ihm", fordere ich Donkas noch einmal auf, „sag ihm, dass ich meinen Löwen schon gestern hier gesehen habe!"

„Er wird einwenden, dass er gleich wieder verschwunden ist", vermutet Donkas. „Sei nicht ungeduldig. Alles hat seine Zeit."

Die Welt ist eine Scheibe, nichts anderes als das. In ihrem Mittelpunkt befindet sich eine weite, unübersehbar weite Savanne. Und darin ein kleiner Flecken roter Erde, um den sich alles dreht. Wo er am wärmsten ist, erheben sich Schirmakazien gegen den azurnen Himmel und färben mit ihrem Schatten das Fell einiger Löwen dunkel. Ihre Zweige haben schon den Anfang der Welt gesehen und sie werden auch ihr Ende schauen. Wenn du deine Augen längst geschlossen hast. Wenn du deine Augen längst geschlossen hast. Noch ist Zeit, darin zu leben und zu atmen, Palmwein zu trinken und zu glauben, dass das die Freiheit sei. Tanz mit dem Löwen, der dir gehört! Leg dich auf die rote Erde mit den gelben Linien darin. Damit, wenn du einst zum Himmel wirst, ein Abdruck bleibt, der deine Schönheit fasst.

Der alte Mann hat über dem Feuer in der Hütte ein paar zarte Stücken Gazelle gebraten, sie auf Tellern hinausgetragen und vor unsere knurrenden Mägen auf den Tisch gestellt. Donkas hat dazu Brot in einem Korb gebracht und Becher und Wein. Jetzt sitzen wir beieinander und wissen vor lauter Glück nicht, was zu sagen. Da fällt mir ein, dass es einmal in weiter Ferne so sein wird, dass die Menschen keinen Schmerz mehr leiden, dass sie Kinder zeugen, die niemals wieder sterben, dass sie genug haben und essen, was sie selbst erarbeiten, dass der Löwe bei den Lämmern weidet und Gras frisst wie sie.

Die Gazelle ist so zart, dass sie auf der Zunge zu schmelzen scheint, das Brot so würzig, dass ich fühlen kann, wie es seine Kräfte meinem Körper mitteilt, der Wein so schwer, dass er alles Wissen hinabdrückt in die rauschenden Fluten der Lethe. Der Himmel über dem Dach der Veranda erstrahlt violett, die Schatten der Akazien haben sich mit denen der Okropalmen verbrüdert und den ganzen Platz abgedunkelt. Schnell werden alle Farben zu schwarz vermischt sein. Dann ist es gut und ich werde schlafen wie Polyphem.

„Il vino è finito", sagt der alte Mann mit seiner ruhigen, warmen Stimme und Donkas, der ihn versteht, erwidert: „Vado."

„No, no. Vado io", besteht der andere und erhebt sich langsam von seinem Stuhl. Dabei stützt er sich mit der Hand auf den Tisch und geht um Donkas herum. Dann um mich und die vier Stufen hinab, bis er endlich seine nackten Fußsohlen auf die rote Erde setzt. Dort bleibt Daniele noch einmal stehen und wendet sich zu uns um. Aber er sieht nur mich an und erklärt: „Sono felice che tu sia con noi." Dann lächelt er und ich ebenso, in dem Glauben, ihn schon zu verstehen. Als der alte Mann hinter dem Haus verschwunden ist, schaue ich Donkas an. Er sagt: „Daniele holt neuen Wein."

„Und was hat er zu mir gesagt?"

„Er freut sich, dass du bei uns bist."

Ich grinse, als hätte ich einen Sieg errungen und fahre genießerisch mit dem letzten Stücken Brot den fettigen Teller ab. Als ich es mir in den Mund stecken will, fällt mein Blick unter die Akazien und ich bemerke, dass Kusi seinen Platz verlassen hat. Ich bin so benommen vom schweren Wein, dass ich glaube, er hole meinen alten Löwen mit dem dunklen Fell. Auch Donkas sieht hin, hat aber sicher andere Gedanken. Denn er steht schweigend auf und holt von drinnen eine Öllampe, stellt sie auf den Tisch und entzündet sie mit einem kleinen, silbernen Feuerzeug. Ein leichter Wind lässt im nahen Garten die Bohnenranken und Getreidehalme erbeben. In der Ferne streift er die Gräser der Savanne und sendet ein böiges Rauschen zu uns herüber. Unsere Blicke treffen sich ein zweites Mal, jetzt oben am violetten Himmelszelt. Dort, bei einem hellen Stern links neben den Zwillingen. Der gehört schon zum Sternbild des Löwen.

„Ho portato due bottiglie", ertönt die Stimme des alten Mannes hinter unserem Rücken. Wir wenden uns gleichzeitig um und sehen, wie Daniele zwei Flaschen des süßen Weines, jeweils eine in jeder Hand, mit ausgestreckten Armen über seinen Kopf hält. Die Spinnenweben auf seinen Wangen tanzen lachend, die Augen erwarten unsere fröhliche Erwiderung. Hinter ihm springt sein Schatten wie ein ekstatischer Schamane um unser kleines, zitterndes Ölfeuer. Es ist fast Nacht.

Unter dem bleichen Auge des Mondes tritt der alte Mann zwei Schritte näher zu uns heran. Doch dann bleibt er plötzlich stehen. Und seine Spinnenweben tanzen nicht mehr. „Come?", will Donkas wissen, aber er bekommt keine Antwort. Das Geländer der Veranda streift den alten Mann vom Bauch an abwärts. Seine Füße sind von hier aus gesehen unter die Dielen gerutscht. Die Arme sinken ein wenig nach vorn, der Oberkörper nimmt die Bewegung auf und folgt ihr schwach. Die Augen des alten Mannes sehen zu Boden. „Come?", ertönt noch einmal Donkas' Ruf.

Da greift ein zweiter Schatten nach der roten Erde. Und etwas blitzt auf. In Gedanken. Dieser Schatten wird eine Spur hinterlassen, größer als meine Hand. Sie wird aus fünf ovalen Mulden bestehen, vier davon halbmondartig und eine größere quer darunter. Dieser Schatten besitzt eine Länge von ungefähr zweieinhalb Metern und eine Schulterhöhe von sagenhaften anderthalb Metern. Wer könnte seinen Hunger stillen? Kusi, der riesige Löwe mit einem Schädel so groß wie die Magdeburger Halbkugeln, tritt hinter der Hütte hervor, die ihr Gewicht verliert, schrumpft und zum Hintergrund wird. Er sperrt brüllend sein riesiges Maul auf und je weiter ich darin versinke, desto deutlicher atme ich den dumpfen, den modrigen Geruch, der der Kehle des Henkers entsteigt. Er wird kein zweites Mal nachgeben.

Da fühle ich, wie Donkas' starke Hand nach meinem bleichen Arm greift, wie das Leben in meine Beine, in meine Füße, in den Boden rutscht. Aber ich wende meinen Blick nicht ab, kann es nicht. Und Kusi beginnt zu fliegen. Eiserne Muskeln strecken die Pranken, Reflexe schärfen die horngelben Krallen. Jetzt, wo kein Fell das Maul mehr versteckt, kann ich seine langen, spitzen Zähne und für einen Moment sein schwarzes Zahnfleisch erkennen. Über allem blinkt die Sense im bittergrünen Vorhang der faustgroßen Augen. Kusi fliegt wie ein apokalyptischer Reiter, wie ein fahles Pferd, das über einen Abgrund setzt. Und seine fast schwarze Mähne nimmt die Bewegung auf, sein ockerfarbenes Fell erstrahlt wie die Sonne im Schein unseres Feuers. Und er wächst noch, während er fliegt.

Aber der alte Mann schrumpft. Unaufhaltsam. Bis ihn der Tod trifft wie eine göttliche Ohrfeige. Ich sehe ihn zu einem ganzen Drittel in dem massigen Schädel verschwinden. Sehe ihn die Weinflaschen gegen das Geländer und das Dach davonschleudern. Sehe seine Beine die Last der plötzlichen Leere nicht mehr tragen und kraftlos zusammensacken. Dann schließen sich für einen Moment meine Augen, und als ich sie wieder öffne, steht Kusi mit blutigem Maul über den Trümmern des alten Mannes. Er hebt seinen dumpfen Schädel und seine ausdruckslosen Augen treffen auf unsere entsetzten wie Glasmurmeln aneinanderstoßen. In seinem Maul schleppt er den alten Mann fort bis unter die rauschenden, fast finsteren Akazien dort drüben. Und doch kann ich noch von hier das Knacken der Knochen hören und die Mähne des Nemeischen tanzen sehen.

Donkas aufersteht als erster. Seine Hand gibt meinen Arm frei, hinterlässt dort blaurote Streifen auf der leblosen Blässe. Geht hinein in die Hütte. Kommt wieder heraus. Und mir scheint es, als würde keine Zeit vergangen sein zwischen seinem Eintreten und seinem Wiedererscheinen im Türrahmen. Während die Tötung des alten Mannes Ewigkeiten gedauert hat! Donkas hält eine Springfield in der rechten Hand. Ich habe nicht gehört, wie er durch die Hütte lief, das Gewehr vom Wandhaken nahm, seine Funktion überprüfte, Patronen nachlud. Aber in manchen Augenblicken geschehen solche Dinge auch ohne menschliches Zutun.

Donkas steht in der Tür, aber er sieht mich nicht an. Er schaut hinaus unter die Akazien, die jetzt ein Stück zurücktreten, der fressenden Bestie die schützende Dunkelheit entziehen. Dann steht Donkas unten auf der roten Erde vor den vier Stufen der Veranda. Und wieder ist keine Zeit vergangen, bis er dorthin gelangte. Sein Blick hält die Katze fest. Sein Blick hat allen Ausdruck, alles Verstehen, alle Hoffnung verloren. Noch einmal bauscht sich der Wind über dem hohen Savannengras und der riesige Löwe hält einen Moment inne. Beruhigt sich und senkt erneut den Schädel über die roten Reste mit den sehr gelben Knochen darin.

Jetzt steht Donkas ganz nah hinter ihm. Ich sehe seine weißen Sportschuhe leuchten, sehe jede Falte an seiner grünen Kordhose, sogar die Schnallen seiner braunen Hosenträger. Ich kann seinen gleichmäßigen, tiefen Atem unter dem grauen Hemd erkennen und jedes Haar seines dichten, kräuseligen, roten Bartes. Obwohl er gar nicht in meine Richtung sieht. Seine Augen, die tief in ihren Höhlen liegen, registrieren noch die geringste Bewegung des Löwen. Ja, ich sehe mit ihnen auf das Untier herab. Da liegt es! Da frisst es! Die Nackenmuskeln spannen und lockern sich, heben und senken das unersättliche Maul. Die fast schwarze Mähne zittert ungeduldig, wenn eine Sehne nicht gleich nachgeben will. Der Schweif schlägt wütend auf den Staub, der in die Dunkelheit entflieht.

Jetzt hebt Donkas das Gewehr, hebt es lautlos hinauf bis auf Schulterhöhe. Sicher, es wäre nicht nötig zu zielen, aber wir werden vorsichtig sein. Überlegt handeln. Schauen schon über Kimme und Korn, rücken den Hinterkopf, das Hirn, ins Visier. Alles ist klar und einfach. Der Schuss trifft jeden Moment, der Knall wird uns erwecken aus dem bösen Traum. Halt nur still, alter Dschinn!

Und ein Befehl entspringt unserem Großhirn, Transmitter lösen sich aus den Synapsen, erregen gegenüberliegende Membrane, senden den Befehl über motorische Nervenfasern bis hin zur Endplatte, erregen Fibrillen, setzen Muskelfasern in Bewegung, beugen den Zeigefinger um den Abzug. Lösen den tödlichen Schuss — nicht. Was ist geschehen? Wir wiederholen den Befehl. Noch einmal durchläuft er in Bruchteilen von Bruchteilen von Sekunden Donkas' Körper, noch einmal soll sich der Finger um den Abzug beugen. Und wieder geschieht nichts! Der Finger, er beugt sich nicht. Der Schuss, er löst sich nicht. Ich springe zurück, stehe wieder auf der Veranda, rufe Donkas zu: „Schieß!" Aber er rührt sich nicht. Hält nur das Gewehr vor der Schulter, vor dem Auge, zielt auf den Hinterkopf des Löwen und rührt sich nicht.

Da löst sich aus dem Schatten ein orangebraunes Fell. Eiserne Muskeln strecken die Pranken, Reflexe schärfen die horngelben Krallen. Blidsa. Jetzt, wo kein Fell dein Maul mehr versteckt, kann ich deine langen, spitzen Zähne, für einen Moment dein schwarzes Zahnfleisch erkennen. Über allem blinkt die Sense im bittergrünen Vorhang deiner gierigen Augen. Blidsa fliegt wie ein apokalyptischer Reiter, wie ein fahles Pferd, das über einen Abgrund setzt. Und seine Mähne nimmt die Bewegung auf, sein orangefarbenes Fell erstrahlt wie die Sonne im Schein meines Feuers. Und er wächst noch, während er fliegt.

Ich erkenne die leichte Bewegung, mit der sich Donkas nach vorn beugt, die Springfield auf Brusthöhe sinken lässt.

Ich sehe, wie sich das Ende auf ihn wirft, wie es ihm den halben Schädel wegreißt und sein Gewehr in die Finsternis schleudert. Es hat sich kein Schuss gelöst! Es hat sich Kusi keinen Millimeter bewegt. Da landet Blidsa auf federweichen Pfoten und Donkas steht noch immer da. Halb. Er schwankt wie eine Platane im Frühlingswind. Winkt mit den Armen, beugt sich ein wenig vor und zurück, als wollte er den erlittenen Schlag ausbalancieren. Und kippt dann nach vorn, steif wie ein gefällter Baum. Er fällt auf Kusis Hinterkopf und purzelt von dort herunter wie eine willenlose, eine faule Frucht.

Ich stehe auf der Veranda und schreie mir die Seele aus dem Leib. Ich schreie und schreie, aber es löst sich kein Ton aus meiner Kehle. Ich schreie Blut aus meinen Augen hervor und bringe die Kapillaren in meinen Fingerspitzen zum Platzen: „Schieß!" Aber warum löst sich kein Schuss? Warum löst sich kein Schrei? Und Blidsa stillt seinen grausigen Hunger an der leichten, leichten Beute.

Ich taumle zurück, stoße an den Stuhl, den Tisch, die weiße Wand. Mein Atem vibriert und füllt die Lungen nicht. Ich sinke auf den Boden und alle Kraft verlässt mich dort. Auf meinen Schädel stürzt ein heißes Brennen ein, das Bild verschwimmt, es löst sich auf in einem endlosen Schwarzen Loch. In einem wirbelnden Strudel, der die Gedanken, die Gefühle, den Zorn, die Angst, das Glück, die Freude, die Lust und selbst noch den Schmerz mit sich reißt und schneller und schneller in dem Nichts seiner Mitte verschlingt.

Als ich meine Augen noch einmal öffne, liege ich auf den Dielen vor der Hütte ausgestreckt, schaue zwischen den Beinen von Tisch und Stühlen unter dem Geländer der Veranda hinaus in die tanzende Dunkelheit. Die Öllampe beginnt schon zu verblassen, zu lange steht und brennt sie hier. Alles herum ist still. Ich will Donkas rufen und ihn fragen, was geschehen ist. Da tritt lautlos, fast schwebend ein uralter Löwe, mein Löwe, mein Kagamon, aus der Finsternis in den tanzenden Lichtkreis hinein.

Ja, so muss es sein. So muss es enden. Hier im Mittelpunkt der Erde. Vor einem Himmel, der uns erkennt. Bild um Bild ist durchgesehen. Ist zur Seite gestellt und liegengeblieben. Verstanden habe ich nicht viel. Aber am Ende, sagt der alte Mann, am Ende haben wir doch genug erkannt für ein ganzes Leben.

Und sieh! Mit jedem Schritt, den der Löwe auf die Erde setzt, gewinnt er Kraft und wächst und verjüngt sich. Da brüllt er schon und reißt sein riesiges, sein unbarmherziges Maul weit auf, wie ein Tor, hinter dem noch alles dunkel ist. Und ich beuge mich ein wenig nach vorn. Da erstrahlt sein Fell wie die Sonne. Nun zögere nicht mehr! Ich habe dich gefühlt.